불영야차

천룡사 新무협 판타지 소설

FANTASTIC ORIENTAL HEROES

불영야차 7

천품사 新무협 판타지 소설

초판 1쇄 찍은 날 § 2019년 1월 15일
초판 1쇄 펴낸 날 § 2019년 1월 22일

지은이 § 천품사
펴낸이 § 서경석

총괄팀장 § 최하나
편집책임 § 최광훈

펴낸곳 § 도서출판 청어람
등록번호 § 제387-1999-000006호
등록일자 § 1999. 5. 31
어람번호 § 제2-2765호

주소 § 경기도 부천시 부일로 483번길 40 서경B/D 3F (우) 14640
전화 § 032-656-4452 팩스 § 032-656-4453
http://www.chungeoram.com
E-mail § chungeorambook@daum.net

ⓒ 천품사, 2018

ISBN 979-11-04-91919-0 04810
ISBN 979-11-04-91812-4 (세트)

불영야차

천중사 新무협 판타지 소설

7

FANTASTIC ORIENTAL HEROES

청어람
도서출판

佛影夜叉

불영야차

제삼십삼장(第三十三章)

총력(總力)

　이철경은 전신을 노리고 달라붙는 불꽃에 치를 떨었다. 지독하다는 말로는 부족했다. 악랄했다.

　그나마 염포가 익힌 내력이 화기를 다루는 것이기에 간신히 버티고는 있었지만, 그의 얼굴을 보아하니 그 또한 이제 한계에 도달한 것 같았다.

　"염 대주!"

　이철경은 염포에게 경고를 보내며 구양철과 염포 사이로 파고들었다.

　염포가 아니었다면 첫 수를 교환하며 단번에 재가 되었을 것이다. 몇 번이고 목숨을 구원받은 입장에서 이 정도 위험은 충분히 감내할 만한 일이었다.

쉬이익!

이철경의 흑철보검이 허무하게 허공을 가르고 지나갔다. 수준이 달랐다.

이철경의 몸에 순식간에 커다란 빈틈이 생겼다. 구양철은 차원이 다른 무인답게 결코 그 틈을 놓치지 않았다. 우악스러운 손이 이철경의 멱살을 잡아챘다.

"크윽!"

이철경이 거친 신음을 토해내는 순간, 염포의 쌍곤이 구양철의 양어깨를 노리고 찔러들어 갔다. 처음 해보는 연수합격이지만 합이 꽤 잘 맞았다.

물론 연수합격으로 해낼 수 있는 일은 근근이 버티는 것뿐이었지만.

'전인미답(前人未踏).'

염포는 쌍곤을 맹렬하게 휘두르며 한 단어를 생각해 냈다.

인간의 발길이 닿지 않은 곳, 아니, 닿지 못한 곳.

구양철의 무위가 그랬다. 도무지 인간의 무공이라고 보기 어려웠다.

'허나 저 행색… 어디서 격전이라도 치르고 온 모양새이지 않은가.'

상대가 누구였는지는 중요하지 않았다. 단지 기회가 있을지도 모른다는 것이 중요했다.

염포는 망설임 없이 몸을 던졌다. 기회는 이철경이 살아 있을 때나 유효하기 때문이다.

염포는 위험에 처한 이철경을 구해내기 위해 사력을 다해 곤을 찔러 넣었다. 새빨간 불에 달궈진 곤이 허공에서 덜덜 떨려왔다.

'내력으로 막아내고 있다.'

구양철의 내력은 강력했다. 그것은 변하지 않을 사실이다. 지금으로선 염포나 이철경의 공력으로 구양철을 공략하기에 무리가 있었다.

그렇기에 염포는 내심 구양선이 구양철에게 조그마한 타격이라도 입혔기를 바랐다.

'헛된 바람인가.'

허공에 막힌 곤 대신 오른손에 쥔 우곤을 강하게 찔러 넣었다. 염포가 낼 수 있는 최선의 전력을 다한 일수였다.

"타핫!"

쇠를 긁는 듯한 기합성이 터져 나왔다.

파앙!

염포의 곤이 공기를 찢어발기며 구양철의 어깨에 틀어박혔다. 아니, 그렇게 보였다.

염포의 전력을 다한 일격은 구양철의 어깨 옷자락이 나선 무늬로 휘감기는 것에서 그쳤다.

'안 들어갔다.'

회심의 일격이 막히자 염포는 곧장 곤을 회수하려고 했다. 하지만 곤이 바위에라도 박힌 듯 꿈쩍도 하지 않았다. 전력을 다한 일격이 막히고 무기마저 봉쇄당하자 염포는 절망했다. 절로 인상이 찌푸려졌다.

구양철은 염포의 일격을 막고 무기마저 봉쇄하자 더는 볼 것도 없다는 듯 염포의 목을 강하게 움켜잡았다.

"염 대주!"

염포의 도움으로 무사히 몸을 뺀 이철경은 염포의 목줄기가 구양철의 손에 잡히자 목숨을 건 도박을 감행했다. 다시 구양철의 간격 안으로 몸을 밀어 넣었다.

'강하게! 목표는… 손목!'

이철경의 검이 춤을 췄다. 언젠가 장산이 보여준 신기에 가까운 연환검로였다.

쉐엑!

쓰걱!

이철경이 날린 검은 빨랐지만 구양철은 더 빨랐다. 목줄을 틀어쥔 손을 재빨리 당겨 검격의 안으로 밀어 넣었다. 염포의 몸을.

"커억!"

염포의 신음성과 함께 구양철의 쥔 손이 느슨해졌다. 구양철의 얼굴에는 득의의 미소가 어려 있었다. 마치 그럴 줄 알았다는 표정이다.

이철경은 그 표정을 보며 이를 악물었다. 자신의 검이 구양철의 손이 아닌 염포의 등을 베고 지나간 것이다.

'제길!'

이철경은 그 찰나에 후회나 망설임 대신 한 걸음 더 안쪽으로 움직였다. 이미 내친걸음이다. 염포가 옆에서 도와도 승률은 희박했다.

구양철의 수작으로 염포가 부상마저 입은 지금, 승산은 영에 가까울 정도로 내려갔다. 더는 망설일 이유도 필요도 없었다.

'도박은 취미가 아닌데.'

근육이 늘어졌다가 폭발적으로 수축했다. 일단은 염포의 구출이 우선이다.

이철경은 그렇게 중얼거리며 다시 한번 손에 든 검에 힘을 줬다. 검로는 종전과 같이 빨랐지만 더 부드럽게 움직였다.

'집요하군.'

구양철은 이철경이 재차 손목을 노리고 검을 날리자 제법이라는 표정을 지었다. 무공의 문제가 아니었다. 패배나 죽음을 두려워하지 않는 성정, 그리고 승리를 향한 집착이 감탄을 자아낸 것이다.

'이놈들은… 포기하지 않는군.'

망나니 조카는 달랐다. 등 뒤에서 검을 찌르고 불리함을 깨닫자마자 줄행랑을 쳤다. 그 과정에서 무고한 자의 목숨마저 아무렇지 않게 이용했다.

반면에 염포와 이철경은 달랐다. 세의 불리함을 읽고 어떻게든 승기를 만들어내려고 했다. 그 필사적인 움직임에 구양철 또한 진지해졌다.

'하지만.'

제아무리 빨라도 구양철보다는 느렸다. 구양철은 이철경의 검을 남은 한 손으로 잡아채며 염포의 몸을 다시 잡아당겼다. 염포는 다시 몸이 딸려 들어가자 양손에 공력을 잔뜩 끌어모아 내쳤다.

'타격은 없을지라도 틈은 만들 수 있겠지.'

염포의 순간적인 움직임에 구양철이 손을 뒤로 살짝 뺐다가 염포의 앞섶을 움켜쥐었다.

이철경은 구양철이 빠른 속도로 공수입백인의 묘리를 보여주자 그대로 검을 놔버렸다.

'어차피 못 지켜.'

검을 잡기로 했다면 반드시 잡힌다. 검을 잡혀 틈을 만들어주기보단 허를 찌르는 편이 좋았다.

'간다.'

이철경의 몸이 부러지듯 방향을 꺾었다. 통상의 움직임으로 보기엔 기괴한 움직임이었다. 이철경의 몸이 의외의 방향으로 튀어나가자 구양철은 약간은 놀랐다는 듯 검을 내던지고 상체의 전면을 방어했다.

'지금.'

이철경의 수도(手刀)가 염포를 향해 날아갔다. 이철경은 염포의 눈을 쏘아봤다.

그 순간 약속이라도 한 듯 염포도 이철경의 눈을 바라봤다.

'당기시오.'

'알았소.'

무언의 대화였지만 충분히 통했다. 염포는 손에 서린 공력을 풀어내고 잔뜩 몸을 당겼다.

그 순간 이철경의 손이 벼락처럼 움직였다. 처음의 목표이던 손목이 아니라 염포의 앞섶을 베어냈다.

서걱!

이번에는 성공적이었다.

구양철은 염포의 몸을 구속하고 있던 옷자락이 대번에 잘려 나갔음을 감지하고 손가락으로 허공에 떠 있던 염포의 곤을 쳐냈다.

따당!

염포는 맹렬하게 회전하며 날아드는 곤을 전력을 다해 잡아챘다. 손바닥에 쥔 곤이 회전하면서 뜨거운 기운을 풀어냈다.

찰나의 순간에 전사력을 심어 염포의 손에 화상을 입힌 것이다.

그뿐이 아니었다. 그 짧은 순간에 어찌나 많은 공력을 심어 놨는지 염포의 팔 근육이 뒤틀리며 꺾여 버렸다.

툭!

투툭!

쌍곤이 염포의 손 위에서 힘없이 늘어졌다.

"괜찮소? 미안하오."

이철경이 검을 고쳐 쥐며 염포의 곁에 서자 그는 간신히 고개만 끄덕였다.

뒤틀린 팔에 진동하는 구양철의 내력을 풀어내기에 급급했다. 게다가 이철경의 검에 베인 등에서 지독한 통증이 엄습했다.

'얼마나 더 버틸 수 있을까.'

일각? 그도 아니면 반 각? 염포는 깊게 심호흡을 하며 거리를 쟀다.

구양철은 자신들이 어떻게 해볼 수 없는 적이다. 처음 여기 저기 낭패를 본 행색에 기뻐하던 자신이 우스워졌다. 지금 당장 높다란 벽이 서 있음은 명백한 사실이었다.

"시간을 끌어야 하오."

"시간을? 그런다고 되겠소?"

염포의 말에도 이철경은 회의적이었다. 그 누가 와도 이 괴물을 막을 수 있을 것 같지 않았다.

초절정고수와 절정고수의 합격에도 코웃음을 치며 막아내는 인물이다. 이철경의 체념한 듯한 말투에 염포는 고개를 저었다.

"우리끼리는 안 되지. 허나 오기로 한 사람이 있질 않소."

그랬다. 염포는 원군을 기다리고 있었다. 이철경은 내심 고개를 끄덕였다.

옥쇄(玉碎)를 각오한 것이 아닌 이상에야 무작정 버티기만 한다고 해서 수가 나는 것은 아니다. 염포가 그것을 모를 리 없었다.

하지만 이철경은 안도할 수 없었다. 눈앞에 선 벽이 너무 높은 까닭이다.

"그가 저자만큼 강한가?"

"글쎄… 붙어봐야 알겠지. 하지만 이기지 못해도 상관없다네. 버틸 수 있는 시간이 늘어나는 만큼 승산도 높아지겠지.

해서 말인데……."

염포는 눈앞의 구양철에게 집중하면서 이철경에게 전음을 보냈다.

[신승. 그의 도움이 필요해. 어디에 있나?]

이철경은 그 말에 고개를 저었다.

[사주의 위치는 나도 모르오. 한중에 들어서기 전부터 따로 움직였으니. 그보다 얼마나 걸릴 것 같소?]

염포 또한 고개를 저었다. 모른다는 뜻이다. 단지 희박한 가능성이지만 승산이 있으니 버텨보자는 것이다.

구양철은 염포와 이철경이 서로 눈빛을 주고받으며 의견을 교환하는 사이, 주변을 옥죄어오는 미약한 기운들에 한숨부터 내쉬었다.

'있는 놈, 없는 놈 다 끌어모으는 모양이군.'

금영방의 무사들을 움직일 수 있는 자는 단 하나뿐이다.

금영방주 여대의.

어중이떠중이들이 몰려들어 봐야 아무런 의미도 없었지만 귀찮은 일임은 분명했다.

"빨리 끝내야겠다."

구양철이 진기를 끌어냈다. 종전에 보여준 내력은 십분의 일도 되지 않는 듯 폭발하는 내력에 숨이 막혀왔다. 염포와 이철경은 서로를 보며 고개를 끄덕였다.

처음부터 오해를 쌓아 좋지 않은 관계를 맺었지만 지금은 안다. 서로가 얼마나 곧은 사람인지. 저승길을 가는 길동무로 부족하지도 넘치지도 않았다.

"아무래도 시간은 우리 편이 아닌 모양이군. 각오는 되었나?"

"물론. 어차피 죽은 목숨이었소. 마지막으로 사주를 보지 못하는 것이 아쉬움이라면 아쉬움이랄까."

"가세."

이철경은 대답 대신 가볍게 고개를 끄덕였다.

염포가 먼저 구양철을 향해 땅을 박차고 달려들었다. 쌍곤에 구양철의 것과 똑같은 빨간 불꽃이 감겨 있었다. 이철경 또한 땅에 널브러져 있던 검을 들어 보여줄 수 있는 최선의 한 수를 준비했다.

"애들 쓰는군."

구양철이 일으킨 화벽의 방패가 쌍곤과 이어지는 검격을 모조리 밀어냈다. 구양철은 최선을 다한 이들에게 예의를 지키고자 했다.

'보여주마. 무의 궁극을.'

구양철의 전신에서 불꽃의 강기가 우수수 일어났다. 불꽃은 악공(樂工)의 지휘를 받는 것처럼 일사불란하게 구양철의 의지에 반응했다. 화강(火罡)이 하늘을 뒤덮었다.

'끝이군.'

염포와 이철경이 동시에 한 생각이다.

'조금만 더 버텼으면 좋았을 터인데.'

염포는 애가 끓는 마음으로 멍하니 하늘을 올려다봤다. 도저히 막아낼 재간이 없는 수였다.

고개를 돌려 이철경을 바라보니 그 또한 마른침을 꿀꺽 삼키고 있었다. 이철경은 염포의 시선을 느꼈는지 입술을 달싹였다.

"조금 더 이 빛을 보고 싶었소. 어둠 속에만 있던 나를 건져준 것은 사주와 태영사였지. 그분을 한 번 더 보고 싶군."

염포가 알 것 같다는 표정으로 고개를 끄덕였다.

하지만 이루어질 수 없는 바람인 것 같아 안타까운 마음이 들었다.

뜨거운 열풍이 불었다.

그리고 그들의 바람은 전혀 다른 방향으로 이루어졌다.

쒜엑!

전장이 한가운데로 날아든 한 발의 철시(鐵矢). 그것이 전쟁의 판도를 바꾸기 시작했다.

*   *   *

도염춘은 진즉 금영방에 도달해 있었다. 정확히는 금영방이 한눈에 내려다보이는 절벽 위에서 금영방의 내부를 관찰하고 있었다.

"꽤 분주하군."

서신에 적힌 대로 금영방주 여대의와 법륜의 수하인 이철경이 함께 일을 진행하는 모양이다.

"금영방주는 수완가지. 이번 일이 기회라 생각하는 것인지……."

여대의는 한중 상계에선 제법 뛰어난 인물로 평가받는 사람이다.

그 능력은 차치하고라도 뛰어난 인품 하나만으로 충분히 존경받을 만한 가치가 있는 사람이었다.

"장사치가 칭송을 받는다……."

이문을 최선으로 생각하는 장사치가 얻기엔 쉽지 않은 명성이었다.

막 여대의에 대한 상념을 지워가는 그때, 익숙한 그림자가 금영방 내부로 뛰어들어 갔다.

"어!"

도염춘의 눈가가 불안하게 흔들렸다. 멀리 떨어져 있지만 충분히 느낄 수 있었다.

도염춘의 몸을 잠식한 감정은 공포였다. 구양세가에서 단

한 명만이 그에게 이런 공포감을 심어줄 수 있었다.

"구양철……!"

도염춘은 자신이 화살을 날릴 수 있는 사정거리인 백 장 밖에 있었음에도 불구하고 구양철의 시선이 닿을 것 같아 전전긍긍했다.

'저자는 예상에 없었는데……'

도염춘은 축축하게 젖은 손을 바지춤에 닦아냈다. 바짓단이 흥건하게 젖어버렸다. 도염춘의 경직된 시야에 염포와 이철경이 들어왔다. 그 둘은 구양철 앞에 당당히 서서 칼을 빼 들었다.

'죽음을 각오했군.'

죽음을 각오하지 않았다면 할 수 없는 행동이었다. 도염춘은 당당히 죽음을 바라보는 두 사람 앞에서 괜스레 초라해지는 자신을 느꼈다.

"이제 와서 무엇을 망설이는가."

도염춘은 떨리는 손으로 철궁을 집어 들었다. 철궁도 곧 축축하게 젖어버렸다. 도염춘은 눈을 감고 심호흡을 해 놀란 가슴을 진정시키려고 애썼다. 철궁을 타고 차가운 한기가 뻗어 올라왔다.

"싸우자."

준비는 끝났다.

도염춘은 철시 한 대를 들어 구양철을 겨눴다.

'빠르고 날카롭게.'

"후우!"

잔뜩 들이마신 숨이 뱉어지고.

철시가 하늘을 날아 구양철의 미간을 향했다.

*　　　*　　　*

이철경은 살을 녹일 것 같은 열풍 속에서 검은 빛줄기 하나를 보았다.

'화살……?'

염포 또한 잔뜩 긴장감을 끌어올린 터라 그 빛줄기를 정확하게 느꼈다.

둘은 그럴 리가 없다고 생각하면서도 한줄기 희망을 버릴 수 없었다.

쒜엑!

텅!

화살이 맞았다. 화살은 빨랐지만 구양철이 더 기민하게 움직였다. 끌어올린 열풍의 일부를 돌려 화살을 막아내는 것에 썼다.

염포와 이철경은 열풍의 막이 옅어짐과 동시에 숨을 내뱉으며 시선을 교환했다.

'지금.'

둘의 머리에 동시에 든 생각이다. 누가 먼저라고 할 것도 없이 둘의 신형이 땅을 박차고 구양철을 향해 쏘아갔다.

"가소로운!"

구양철이 팔을 휘두르자 그를 향해 쏘아진 화살이 허공으로 딸려 올라와 손에 쥐어졌다.

놀라운 허공섭물이었다. 구양철은 철시를 들자마자 이 화살을 쏘아낸 자가 누구인지 알아챌 수 있었다.

'도염춘, 그 박쥐 같은 인간이로군.'

자신의 기감 밖에서 이렇게 정확하게 화살을 날릴 수 있는 자는 이 근방에서 도염춘 하나뿐이기 때문이다.

구양철은 한 손으로 철시를 구부리더니 땅에 내동댕이쳤다. 우선은 눈앞에 범 무서운 줄 모르는 하룻강아지들부터 처리해야 했다.

화르르륵!

다시 불꽃이 치솟았다.

구양철은 생각한 것보다 철저했다. 도염춘의 화살이 언제 목줄을 노리고 날아들지 모르는 지금, 그의 화살이 아무리 가볍다 해도 경시할 수는 없는 탓이다.

불꽃의 방벽이 구양철의 몸을 꼼꼼하게 감싸 안았다. 그러

곧 오른손을 들어 올려 불덩어리 두 개를 만들더니 각각을 향해 내던졌다.

'제길.'

이철경은 욕지기를 내뱉었다. 상상할 수 있는 최악의 상황이었다.

누가 쏘아대는지 모를 화살을 믿고 불꽃을 뚫고 들어가자니 위험부담이 이만저만이 아니다. 이런 식으로 장기전이 된다면 결국 땅에 몸을 눕는 것은 자신과 염포가 될 것이 자명했다.

"아래로!"

염포 또한 같은 생각인지 그나마 불꽃이 옅어 보이는 다리 쪽을 향해 무릎을 굽히며 쌍곤을 휘둘렀다. 이철경 또한 그 공격에 호응해 검을 휘둘렀다.

'잘못됐다.'

다리를 향해 곤을 휘두르던 염포는 구양철의 입가에 걸린 미소에 자신들의 판단이 틀렸다는 것을 직감했다.

그 순간 피해낸 줄 알았던 불덩어리가 방향을 꺾어 뒤에서 날아들었다.

'승산이 없다.'

염포는 오른손에 쥔 곤을 내던졌다. 자유로워진 손이 이철경의 옷자락을 잡아챘다.

염포는 짧은 순간 온 신경을 집중했다.

[신승. 그를 불러오게.]

염포가 옷자락을 잡은 손을 세차게 던졌다. 이철경이 그 반동으로 구양철을 미끄러지듯 지나쳤다. 이철경은 자신의 등이 바닥을 쓸고 나아가자 급하게 뒤를 돌아봤다.

염포의 등 뒤로 불덩어리가 작렬했다.

"끄아악!"

거친 비명과 함께 염포가 무릎을 꿇었다. 이철경은 땅에 누운 듯한 자세에서 허리의 반동을 이용해 상체를 비틀어 허공으로 몸을 띄웠다.

'갈 때 가더라도.'

흑철보검이 구양철의 등을 노리고 독니를 드러냈다.

'한 방 먹여줘야 직성이 풀리지!'

이철경의 검이 강하게 휘둘러졌다.

스걱!

이철경은 구양철의 상세를 확인할 겨를도 없이 검을 잡아당겨 앞으로 달렸다. 뒤를 돌아볼 새도 없었다.

'염 대주, 미안하오.'

이철경의 마음속에 부채감이 잔뜩 끼었다. 염포는 만난 지 얼마 되지 않았지만 마음에 드는 사내였다. 그의 호방함과 강직한 태도는 태영사 인물들 못지않았다.

'복수해 주리다.'

이철경의 신형이 쏜살같이 작아져 점이 되자 염포는 희미한 미소를 지었다.

태도가 담백하고 가벼운 면이 있는 사람이었지만 일의 경중은 누구보다 잘 아는 사람이었다. 행여나 자신을 구한다고 달려들면 어쩌나 하던 마음이 절로 가벼워졌다.

구양철은 도주하는 이철경에게 시선을 한 번 준 뒤 염포를 바라봤다.

상처 따위는 없었다. 제 나름대로 회심의 일격이라고 날린 모양이지만 화벽으로 방어한 신체 어떤 곳에도 상처 하나 남지 않았다.

"이보시오."

염포는 등이 녹아내리는 고통 속에서 구양철을 올려다보며 물었다.

"어째서요?"

"무엇이 말인가?"

"어째서 이렇게까지 하냔 말이오."

구양철은 염포의 물음에 고개를 갸웃거렸다. 뜻하지 않은 질문이다.

"도무지 무슨 소리인지 모르겠군."

염포는 구양철을 보며 고통에 일그러진 웃음을 지어 보였다. 예상대로였다. 구양철은 가진 바 무공에 비해 심계는 그렇게 뛰어난 인물이 아니었다.

어차피 끊어질 목숨, 시간이나 끌다 상황을 유리하게 이끌어갈 수 있다면 족했다.

게다가 구양철은 무겁고 진중한 사람이다. 죽음을 목전에 둔 사람이 그저 시간이나 끌려고 수작을 부린다는 생각 따위는 하지 않을 것이 분명했다.

"내 죽기 전이니 물어보는 것이오. 당신이 가진 것이라면 허울뿐인 세가 따위, 아무것도 아니란 것을 알지 않소?"

"허, 고작 그것이었나, 궁금하다는 것이?"

구양철은 염포 앞에서 법륜에게 털어놓은 속내를 장황하게 풀어냈다.

"그놈에게도 똑같은 말을 늘어놨지. 그놈은 강하더군."

"그놈?"

구양철은 답답하다는 듯한 얼굴로 소리쳤다.

"그 땡중 말이다! 신승이라 불리던가? 마지막 순간에 망나니 조카 놈이 끼어들지만 않았어도 끝장을 볼 수 있었는데……"

염포는 희미해져 가는 정신 속에서 구양철의 표정을 관찰했다.

죽음을 목전에 두어서인지 몰라도 구양철의 표정이 시시각각 변하는 것이 느껴졌다.

'이상한 일이군.'

놀라운 일이다. 구양철과 법륜이 이미 일전을 펼쳤다는 사실도 놀라웠지만 더 놀라운 것은 따로 있었다.

염포는 지금껏 구양철이 누군가를 두려워한다는 생각을 하지 못했다.

그는 언제나 앞서 있었고, 모두를 내려다봤다. 그런 그가 신승을 두려워한다? 자신의 연배에 반밖에 안 되는 무인을?

"두려워하고 있군."

염포는 저도 모르게 구양철에게 속마음을 뱉어냈다.

구양철은 그 말에 잠깐 멈칫하더니 그대로 인정해 버렸다.

"맞다. 나는 그 땡중이 두렵다. 그 발전 속도… 상상을 초월했지. 나와 싸우는 와중에도 강해지더군. 오늘 죽이지 못한다면… 언젠가는 내가 죽겠지."

"그 정도였던가."

염포는 촛불처럼 꺼져가는 정신을 일깨웠다. 속으로 아직은 안 된다고 되뇌었다.

"이제 궁금증은 풀렸나? 다른 이였다면 이런 자비를 베풀지 않았을 거다. 염 대주, 숙부를 지근거리에서 모시며 그 누구보다 세가에 충성을 바쳐온 사람이기에 내 직접 목숨을 끊지는 않겠다. 그리고……."

구양철은 금영방 뒤편으로 보이는 높다란 절벽을 올려다봤다.

"거기 너."

도염춘은 어느새 자리를 피했는지 보이지 않았다. 그럼에도 구양철은 도염춘이 반드시 거기 있을 것이라는 확신을 담아 말했다.

"목을 씻고 기다려라. 곧 간다."

언제고 마주치면 죽이겠다는 의지의 표현이다. 구양철은 그대로 돌아섰다.

지금은 박쥐보다 들개를 잡아야 할 때였다.

'기다려라, 망나니 조카야.'

*   *   *

이철경은 흐트러지는 호흡을 다잡으며 계속해서 달렸다. 달리 입은 부상이라곤 열기에 익은 화상뿐이었으나, 그 여파는 크고도 컸다. 전신에서 느껴지는 통증이 걸음을 더디게 만들었다.

"허억, 허억!"

이철경은 억지로 걸음을 옮겼다. 몸에 자리한 고통에 단번에 주저앉고 싶었지만, 그럴 때마다 염포의 일그러진 얼굴이 떠올라 그럴 수 없었다.

"조금만 기다리시오."

진기는 이미 바닥이다. 구양철과의 접전은 짧았지만 이철경
이 가진 모든 것을 토해내게 만들었다. 하지만 곧 한계에 봉착
했다.

"끝인가……"

이철경은 나무에 등을 기대고 주저앉았다. 이대로 목숨을
잃지는 않을 것이다. 생명이 경각에 달릴 정도의 상처는 입지
않았으니.

하지만 염포의 목숨은 끝이다. 그리고 정신을 잃은 사이 상
황이 어떻게 변할지도 모른다.

"하지만… 너무 힘이 드는군."

이철경의 두 눈이 조용히 감겼다. 옛 기억들이 아스라이 떠
올랐다. 안휘십주의 손에서 벗어나기 위해 낮밤을 가리지 않
고 도주하던 그때가.

'그때도 힘들었지만… 상황은 지금이 훨씬 낫군.'

그때는 무공이라는 것을 제대로 익히기도 전이다. 게다가
이미 가족이 눈앞에서 죽는 것을 본 직후였다. 육체적으로도
정신적으로도 완벽하게 무너진 상황이었다.

"쉴 수 없지."

이철경은 다시 힘을 내 자리에서 일어났다. 어떻게 보면 죄

책감을 덜기 위한 행동일 수도 있었다. 아무리 빨리 도달해도 염포의 목숨은 끝이다. 그 사실을 잘 알고 있었다.

"이보게."

이철경은 급작스럽게 등 뒤에서 들려오는 목소리에 화들짝 놀라 검을 뽑아 휘둘렀다. 의도하고 휘둘렀다기보다 몸이 기억하는 대로 반응한 것이다. 하나 그런 것치곤 지나치게 흐느적거리는 검이었다.

"날세. 백호방으로 가는 것인가? 전해야 할 말이 뭐지? 내가 대신 해줌세. 어서!"

"당신이… 어째서 여기에……?"

"어… 그게……."

구양철에게 찍혔다는 말은 할 수 없었다. 그의 서슬 퍼런 위협에 겁을 먹어 도주했다는 말을 하기엔 자존심이 너무 상했다.

'이미 그럴 자존심도 남아 있질 않지만…….'

금영방에서 급하게 도주한 남자, 그는 도염춘이었다.

*　　　　*　　　　*

"상당히… 재밌군."

법륜은 금기를 이리저리 움직였다. 그의 손짓 하나에 금기가 일사불란하게 움직였다.

자유로움.

심중에 자유라는 두 글자가 깊게 박히자 법륜은 거칠 것이 없었다. 제자리에 앉아 아무것도 하지 않아도 무한한 자유가 느껴졌다. 그 자유는 비단 마음에만 국한된 것이 아니었다.

'자유로움을 갈구하는 것 또한 의지 표명의 한 갈래. 그 의지가 진기에 반영된다고 해서 이상할 것은 없겠지.'

금기가 움직이는 모습 또한 자유로움 그 자체였다. 단 한 점의 구애(拘碍) 없이 자유롭게 진기를 수발한다는 것은 굉장한 일이다. 지금 당장 어떤 형태로든 전력을 쏟아내라고 해도 충분히 가능할 것 같았다.

법륜은 피어오르는 금기를 갈무리한 채 뒤뜰을 거닐며 생각에 잠겼다.

안일했다는 생각이 가장 먼저 자리했다. 만약 구양철 같은 자가 한 명이라도 더 있었다면 이런 구사일생의 기회 같은 것은 있지도 않았을 게다.

"인원을 더 데리고 와야 했나."

나머지 인원은 모르겠지만 태영사에 남아 있는 진공이나 백호방 일원은 충분히 도움이 되었을 것이다. 모두 제 몫은 해주는 이들이니.

"그쪽도 할 일이 많으니……."

법륜은 애써 아쉬움을 지워냈다.

'그보다… 마지막 순간 구양철과 구양선이 맞붙었지.'

법륜은 확신했다. 보나 마나 뻔한 결과였다.

구양선의 기습은 성공적이었겠지만 구양철을 죽일 수는 없었을 것이다. 구양선이 죽거나 도주했을 가능성이 십 할이다.

"결국… 다시 붙어야 한다는 소리지."

이번에는 확실히 다를 것이다. 심상 세계에서 법륜은 수십 번 목숨을 잃었다. 자신이 실제로 본 것이 구양철의 전력인지는 가늠이 되질 않았지만 한 가지는 확실했다.

압도(壓倒).

구양철이 보여준 것의 두 수, 세 수 이상을 보여주지 않는다면 구양철의 명줄은 그리 길지 않을 것이다.

"그보다 소식이 너무 늦는군."

금영방의 소식이 너무 늦는다. 이철경은 더 이상 서신을 보내오지 않았고, 금영방을 살피러 간 장욱 또한 어찌 되었는지 알 길이 없었다.

'철경은 잘해낼 거야. 본래 그런 친구니까.'

법륜은 별일 없을 것이라 생각하며 하늘을 올려봤다.

모두 강한 이들이다. 육체를 단련하는 만큼 정신도 단단하게 무장한 이들이니 어떤 상황에서도 포기하는 이는 없을 것이다.

"음?"

법륜은 뒤뜰을 거닐다 이상한 감각이 느껴지자 급히 금기를 키워냈다.

순식간에 상단전을 가득 채운 금기가 기감의 영역을 넓혀 갔다. 기감의 범위가 점점 넓어지더니 백 장 밖까지 감지하기 시작했다.

'누군가 다가오고 있군. 누구지?'

적의(敵意)를 보이지 않는 것으로 보아 싸울 마음은 없는 것 같았다. 되레 급하게 달려오는 이의 심중엔 다급함이 어려 있었다.

"확인해 봐야겠군."

법륜은 천천히 걸음을 옮겼다. 백 장 안쪽으로 접어들었으니 저 정도 속도라면 촌각 만에 도달할 거다.

상대방이 싸울 의지가 없으니 장산이나 문우와 부딪칠 일도 없을 게다. 법륜은 천천히 걸음을 옮겨 정문 쪽으로 향했다.

            *   *   *

도염춘은 빠르게 이동했다. 상황의 급박함을 누구보다 잘 알기 때문이다. 염포의 의도는 간단했다.

신승을 부른다. 신승과 구양철이 맞붙으면 어떻게든 결판이 나리라는 판단이다.

'문제는… 그 신승도 구양철에게 안 된다는 건데……'

사람이 작은 점처럼 보일 정도로 먼 거리였지만 도염춘은 구양철의 말을 똑똑히 들었다.

"만나면 바로 죽이겠다……. 그러고도 남을 위인이지."

구양철은 충분히 그럴 가능성이 있는 사람이었다. 세간의 시선 따위는 아무런 영향도 끼칠 수 없는 자, 그가 구양철이었다.

"그래서 더 곤란하군."

도염춘은 앞으로 달려나가며 생각했다. 구양철은 하고 싶은 대로 하는 인물이다. 그것이 설령 정도에 위배된다 해도 자신의 판단이 옳다는 생각이 들면 얼마든지 행할 수 있는 인물이었다.

"무법자가 따로 없어. 쯧쯧."

자신이 할 말은 아니지만 구양철은 어디로 튈지 알 수 없는 자다. 더 큰 문제는 그 행동의 파급력이 자신과는 비교도 되지 않을 정도로 크다는 점이다.

도염춘은 저 멀리 백호방의 담장이 보이는 것을 확인했다. 시간이 없었다. 저 멀리 익숙한 얼굴 두 개가 보였다.

'어서 가자.'

도염춘의 신형이 다시 한번 가속했다.

장산은 행여나 장욱이 돌아올까 싶어 백호방 정면을 서성였다. 지금 당장 할 일이 없는 문우 또한 함께였다.

"음? 저기 누군가 다가오는데요?"

문우가 확실하지 않다는 듯 중얼거리자 장산은 목을 길게 빼고 문우가 가리킨 방향을 향해 시선을 던졌다.

"활에 전통이라……."

누구인지 안 봐도 뻔했다. 장산은 문우를 바라보며 턱짓했다. 곤란하다는 표정이다. 도염춘이 강호의 명사이긴 하지만 엮이기 싫다는 표정이 역력했다.

"저치는 또 왜 여길……."

"이유가… 있겠죠."

문우 또한 장산의 눈치를 볼 수밖에 없었다. 법륜이나 장산이 도염춘을 탐탁지 않아 한다는 사실을 문우는 잘 알았다.

"일단은 확인을 좀 해보겠습니다."

문우가 정문을 벗어났다. 법륜이나 장산이 도염춘을 꺼린다면 자신이 나서면 그만이다. 게다가 지금 백호방에 모인 이들은 작은 정보라도 간절한 상황이다. 어떤 좋은 소식을 들고 왔을지 모를 일이다.

"도 노사!"

문우가 소리치며 부르자 도염춘이 고개를 끄덕였다. 하지만 그 걸음을 멈추지는 않았다.

"급하니 나중에!"

도염춘은 그대로 문우를 지나쳐 백호방의 담장을 넘어버렸다. 정문에서 대기하고 있던 장산도 갑자기 도염춘이 담장을 타고 넘자 반사적으로 검을 뽑아 들었다.

"어딜!"

장산은 검을 빼 든 채 도염춘의 뒤를 잡았다. 티끌 같은 안면이 있다고 해서 영문도 모른 채 도염춘을 안으로 들일 수는 없었다. 거기다 도염춘은 뛰어난 궁사. 갑작스럽게 누군가를 저격이라도 한다면 곤란했다.

"잠깐! 위급 상황일세! 신승을 만나야 해! 금영방의 소식을 가지고 왔네!"

도염춘은 뒤에서 느껴지는 예기에 다급하게 외쳤다. 금영방의 소식이라는 말에 장산은 멈칫했다. 금영방은 이철경이 나가 있는 곳.

금영방의 소식을 전하는 데 저렇게 다급한 움직임을 보인다면 십중팔구 좋지 않은 일이 분명했다.

'도염춘이 저 정도로 다급하다? 그 말은……!'

누군가 감당 못할 적을 만났음이 틀림없었다. 도염춘은 죽기를 각오한 자였다. 그런 자가 저런 다급한 움직임을 보이는 것에는 분명 곡절이 있을 것이다.

'누구지?'

누가 이철경을 곤란에 처하게 만들었는지 쉽게 짐작이 가질 않았다. 그때 장산의 뇌리에 두 사람이 스쳐 지나갔다.

첫 번째는 구양선이다. 법륜을 구출하며 스쳐 지나가듯 보긴 했지만, 그리 대단하다는 느낌은 없었다.

'이쪽은 아니로군. 그렇다면……'

두 번째다. 두 번째 인물은 장산 또한 감당할 자신이 없었다. 법륜과 맞상대를 하던 그 중년인이 틀림없었다. 장산은 검을 회수했다.

"가시오!"

"고맙네! 자네들의 동료가 쓰러져 관도 한쪽에 옮겨놨으니 일단 그부터 수습하는 것이 좋을 걸세!"

도염춘은 다급하게 이철경에 대한 소식을 전하고 구양비와 법륜이 머무는 전각으로 달렸다. 장산은 검을 회수하자마자 다시 정문으로 돌아와 문우를 불러 세웠다.

"우리는 먼저 움직인다."

"예? 대형, 대체 무슨 일입니까?"

"철경에게 곤란한 일이 생긴 모양이다. 어서 가자."

장산은 문우를 재촉했다. 문우는 장산의 재촉에 할 수 없다는 듯 허리춤에 맨 검을 풀어 등에다 단단하게 묶었다. 빠르게 달릴 땐 등에 묶는 것이 더 간편했다.

"사주께 말씀드리지 않아도 괜찮겠습니까?"

"사주께서 어떤 분이신데… 다 아실 것이다."

법륜은 애써 말하지 않아도 알아서 판단하고 행동해 줄 것이라는 믿음이 강하게 깔려 있었다.

게다가 탈태를 겪으며 몰라보게 변해 버린 법륜이다. 어쩌면 자신과 문우가 도염춘을 발견하기 이전부터 그의 접근을 알고 있었는지도 모른다.

"게다가 방금 들어간 자가 상황을 설명해 줄 것이다. 사주는 걱정 말고 어서 가자."

장산과 문우의 신형이 빠르게 움직였다. 관도를 샅샅이 뒤져야 하니 지체할 시간이 없었다. 장산과 문우가 백호방을 떠난 그 순간, 도염춘은 할 말을 잃고 말았다.

"어? 아니, 이것이……."

도염춘의 눈앞에 나타난 장발의 남자. 익숙하지만 익숙하지 않은 모습이다.

"그대로군. 어쩐 일이지? 금영방에 간 것이 아니었나?"

"신승… 신승이 맞소이까?"

법륜은 도염춘의 당황 섞인 말에 빙긋 웃음 지었다.

"이 내가 신승이 아니라면 누가 신승일까? 아, 이제는 신승이라는 별호도 어울리지 않겠군."

"음, 확실히 그렇소."

"그보다 전할 소식이 있나?"

법륜의 물음에 도염춘의 얼굴이 삽시간에 굳었다.

'상황의 다급함을 알리는 것이 우선인데 눈에 보이는 것에 너무 연연했구나.'

도염춘이 스스로를 자책할 때, 그런 그를 물끄러미 바라보던 법륜이 입을 열었다.

"너무 자책하지 않는 것이 좋겠군. 전할 소식이 있다면 전하고, 해야 할 일이 있다면 하는 것도 좋겠지. 그거면 충분하지 않소?"

그 말에 도염춘은 한숨을 내쉬고 자신이 본 것, 이철경에게 들은 사실을 낱낱이 고했다.

"구양철이 금영방에 들이닥쳤다? 이상한 일이로군. 허나… 그렇군. 그래야 말이 되겠어. 결국 살아서 나갔군."

구양선이 살아 있다면 이야기가 성립된다. 구양철은 분노를 터뜨려야 했을 것이고, 그 대상은 구양선이 분명했다. 구양선이 금영방 쪽을 향해 도주했다면? 구양철이 염포와 이철경을 보고 그 자리에 멈춰 선 것도 무리는 아니다.

누가 뭐래도 염포는 태양신군 구양백의 심복이니까. 구양백의 생사가 확인되지 않는 지금 염포는 세가의 향방을 결정하는 데 강력한 무기 중의 하나이다. 그의 말 한마디에 속문들의 처우가 결정될 것이기 때문이다.

"구양선은 보지 못했나?"

"그는… 보지 못했네."

도염춘이 고개를 젓자 법륜은 알겠다며 고개를 끄덕였다.

"슬슬 움직여야겠군. 그리고… 너무 놀라지 않았으면 좋겠는데."

법륜은 아까부터 의심스럽다는 눈으로 자신을 노려보는 도염춘을 향해 가볍게 대꾸했다.

"지금 속으로 엄청 놀라고 있지 않은가? 변해 버린 내 모습과 머리카락에, 그리고 자책하는 마음을 읽는 것까지."

"그게 무슨 뜻이지?"

"말 그대로. 느껴지는 대로 말할 뿐이니 설명할 도리가 없군. 말하지 않아도 알겠다. 그대의 속마음을. 본의 아니게 속을 들춰봐서 미안하군."

법륜은 손을 흔들며 뒤뜰을 벗어나다 다시 뒤를 돌아 도염춘을 직시했다.

"아, 살고자 한다면 소가주에게 붙는 것도 방법이지. 잘 선택하게."

도염춘은 그 말에 얼음장처럼 굳어버렸다. 그의 주름진 입술에서 한마디가 새어 나왔다.

"불가(佛家)의 전설… 타심통(他心通)……."

장산과 문우는 대로를 샅샅이 뒤져 나갔다. 어느 곳에 이철경이 쓰러져 있을지 모르는 상태이고, 또 사방에 적이 도사리는 위험한 상황이다.

그 속에서 자칫 수색을 소홀하게 해 이철경의 목숨이 위험해진다면 고개를 들 수 없는 일이다.

"대형, 이렇게 가다간 끝이 없겠습니다."

"그렇겠군."

장산은 문우의 말에 고개를 끄덕였다. 맞는 말이다. 금영방은 백호방과 멀지 않은 거리다. 하지만 한쪽에서 다른 한쪽으로 이르는 길은 수십 갈래가 넘어간다.

"흩어진다. 나는 우측, 너는 좌측. 찾으면 신호하고 뒤도 돌아보지 말고 백호방으로 달려라."

"알겠습니다."

문우 또한 장산의 말을 진지하게 받아들였다. 발견하면 신호하고 도주하라는 말은 그만큼 위험한 상황이 올 수도 있기 때문이다.

하지만 이들의 계획은 시작부터 틀어졌다.

"그러지 않아도 된다."

등 뒤에서 들려오는 목소리, 법륜이었다. 장산은 섬뜩한 기분에 몸을 움츠렸다가 그 목소리의 주인이 법륜이라는 것을 깨닫곤 안도의 한숨을 내쉬었다.

"후우, 사주, 기척을 좀 하시지요. 깜짝 놀라지 않았습니까."

"미안하군."

법륜은 희미한 미소와 함께 장산과 문우의 어깨에 손을 올렸다. 그러곤 잠시 집중하는 듯하더니 손을 들어 수풀 너머 한쪽을 가리켰다.

"저쪽이군. 그리 위험한 상태는 아니야. 가세."

법륜은 차분하게 발걸음을 옮겼다. 뒤따라 걷는 장산과 문우는 법륜의 모습에 영 적응이 되질 않았다.

평소의 법륜은 칼같은 사람이었다. 특히 자신이 거둔 이들의 목숨이나 안전이 위협받으면 정말 지독하게 반응하는 사람이었다.

'그런데……'

장산은 불안한 마음을 감출 수 없었다. 생각하는 것만으로도 불경이다. 하지만 계속해서 치고 올라오는 생각을 막을 수가 없었다.

'위험한 상태는 아니라고 하셨어. 그래서이지 않을까?'

장산은 법륜의 널찍한 등을 바라봤다. 법륜은 많이 변했다. 모습도, 사상도 처음 만났을 때와는 전혀 다른 인물이 되었다. 어쩌면 그의 길어진 머리카락만큼이나 생각도 변했는지 모를 일이다.

'어찌할까……'

법륜은 등 뒤에서 맹렬하게 밀려오는 감정의 편린(片鱗)에 눈살을 찌푸렸다. 충분히 이해할 만했다. 평생을 울타리 안에서 살아온 맹수는 울타리를 열어놔도 쉽게 그 자리를 뜨지 못하는 것과 같은 이치였다.

그럼에도 법륜은 한순간에 천지가 개벽하듯 바뀌어 버렸다. 더 큰 문제는 그 스스로도 잘 제어가 되지 않는다는 점이다. 갑자기 모든 것을 내던지고 심산유곡으로 숨어든다 해도 이상할 것이 하나 없는 상태였다.

법륜은 자신의 마음을 다독이듯 자신의 등을 바라보고 있을 장산에게 입을 열었다.

"장산, 마음이 번잡하구나. 그런 일은 없을 테니 그만 생각을 멈추도록."

"예……?"

장산의 얼굴이 기괴하게 일그러졌다. 그러곤 재빨리 표정을 수습했다.

'내 표정이 너무 드러난 모양이다.'

속마음을 읽는다는 생각은 추호도 하지 않았다. 그런 것은 인간의 탈을 쓴 자들은 할 수 없는 일이다. 도교의 신이나 불가의 부처는 되어야 가능할까.

"인간이라고 불가능한 일은 아닐세. 감각이 고조되면 나도 모르게 들려오더군."

법륜은 장산의 생각을 단숨에 깨부쉈다.

"그럼… 정녕 속마음을 읽는다는 말씀이십니까?"

장산은 이제는 불안함을 떠나 두려워하는 얼굴로 물었다. 법륜은 장산을 향해 짓궂은 웃음을 보였다.

"그대가 무슨 걱정을 하는지 잘 아네. 지금도 들려오니까. 하지만 항상 그런 것은 아니야. 언제나 들을 수는 없단 말이지. 또 전부를 듣는 것도 아니고."

"그래도… 그래도 괜찮으십니까? 제가 한 생각을 모조리 알고 계신다면… 그리 말씀하실 수는 없습니다."

"상관없네. 자네가 무슨 생각을 하던… 또 어떤 의중을 가지고 있던 나는 구양세가를 떠맡을 생각이 없으니까. 생각하는 것은 죄가 되지 않지. 행동으로 옮기지 않으면 그만일세."

이것이다. 잠시나마 장산의 심중을 흐트러뜨리고 일그러짐에 가까운 표정을 짓게 만든 이유. 장산은 언젠가부터 꿈을 꾸게 됐다. 아니, 야망을 품었다는 것이 옳은 말이다.

처음 태영사에 합류하면서 마인의 오명을 벗는 것에 가장 큰 중점을 두었다면 지금은 달랐다. 법륜과 함께하면서 확고한 야망이 움을 틔었다. 힘을 가지고 있고 대의명분도 양손에 그러쥐었다. 거기다 아무도 손가락질 못 할 명성마저 법륜에겐 있었다.

그래서다. 장산은 법륜을 중원의 패자로 세우고 싶었다.

"하지만… 이건 신뢰의 문제입니다. 그 어떤 신하도 군주가 품은 의심을 단번에 걷어내진 못했지요. 이런 저를 믿고 끝까지 등을 맡길 수 있으시겠습니까?"

"신뢰라……."

법륜은 잠시 생각하는 듯하더니 예의 그 시원한 미소로 화답했다.

"신뢰란 중요하지. 쌓기는 어렵지만 무너뜨리긴 쉬우니. 허나… 우리는 군신 관계가 아니야. 그대와 내가 쌓은 신뢰가 그저 생각 따위에 무너질 것이었다면 처음부터 내가 무너뜨렸을 걸세."

"하지만……."

"그만. 그리고 내가 하지 않겠다면… 설령 그대라 해도 날 막아설 수 없네. 그렇다면 걱정할 필요가 없는 문제 아닐까?"

장산은 치밀어 오르는 말을 억지로 삼켰다. 쏟아내고 싶은 말이 한가득이지만 참아냈다.

법륜의 말이 옳았다. 법륜은 이미 천하를 아우를 만한 힘을 가진 사람이다. 그런 그가 하지 않겠다면 공염불에 불과하다.

"어느 정도는 이해한 모양이군."

법륜은 기분 좋다는 얼굴로 다시 이철경이 있는 방향으로 걸음을 옮겼다. 아주 느릿한 속도였다. 이철경이 위험에 처해 있는 상황이라면 보일 수 없는 모습이다.

"나는 태영사라는 문파를 맡으면서 많은 고민을 했다. 문파는 무엇인가? 단순히 무인들의 집단인가? 그게 전부였다면 이렇듯 많은 사람들이 문파라는 이름에 매달릴 이유가 없겠지. 하지만 많은 이들이 문파의 꿈을 키우며 살아간다. 그렇다면 도대체 문파란 무엇인가? 문우 그대는 어떻게 생각하지?"

뒤에서 조용히 걷고 있던 문우는 법륜의 물음에 잠시 망설이는 듯하더니 확신에 찬 목소리로 답했다.

"집이요."

"그렇게 생각하는 이유는?"

"저는 스스로 하나의 완성된 무인이라 생각하지 않습니다. 다만 그 길을 걷는 자라고 생각하지요. 완성된 무인은 모든 것을 헤쳐 나가야 하나? 그건 아닐 겁니다."

"그래서?"

"답은 간단하죠. 모든 사람들이 완성자였다면… 애초에 무인이라는 존재는 있지도 않았을 겁니다. 모두 부족하기 때문에… 서로 싸우고 지키려 하죠. 그래서 무인은 필연적으로 싸우는 자가 된 겁니다. 그리고 저 같은 사람은… 그 싸움 뒤에 쉴 곳이 필요합니다. 문파란 그런 것 아닐까요? 목숨을 위협받을 걱정 없이 머물 수 있는 곳. 내가 지키고 가족이 지켜 나가는 곳."

법륜은 문우의 철학적인 대답에 웃음을 터뜨렸다. 하는 행동과 말투에서 아직 검을 든 철부지의 모습만 떠올리던 법륜에게 문우의 대답은 매우 흡족한 것이었다.

"보라. 이렇게 저마다의 생각이 다르다. 나 또한 같다. 그대도 마찬가지지. 그저 생각의 차이일 뿐이야. 나는… 문파를 성벽이라고 생각했다. 사숙을 잃고 태영사로 돌아왔을 때, 나는 그대들을 지켜줘야 한다는 생각을 강하게 했지. 내 사람을 잃지 않겠다고 말이야."

장산은 잠깐의 침묵에 착 가라앉은 목소리를 되살렸다. 그의 태도는 죽음을 각오한 무장의 비장함이 서려 있었다.

"물론 그렇겠지요. 생각의 차이. 하지만 모두가 그 생각의 차이라는 것을 받아들이고 수용하는 것은 아닙니다. 그래서 신뢰는 다른 문제인 겁니다. 이를테면… 내부의 병입니다. 만약에… 만약에 제가 제 뜻에 동조하는 이들을 이끌고 태영사를 나선다면 어쩌시겠습니까? 사지 근맥을 자르고 단전을 폐하기라도 하시겠습니까?"

"대형!"

문우는 장산의 도전적인 말투에 저도 모르게 소리쳤다. 하지만 법륜은 아니었다. 그 또한 좋다는 듯 시원하게 답했다.

"그것도 하나의 길이 되겠지. 하지만 그대들을 폐인으로 만들지는 않을 것이다. 그대들을 지키겠다고 한 나 스스로와 한 약속이니까."

법륜의 말에 장산과 문우는 꿀 먹은 벙어리처럼 아무런 말도 할 수 없었다. 원한다면 떠나라. 길을 막지 않겠다. 법륜은 침묵하는 둘을 등진 채 가볍게 입을 열었다.

"이보게, 형제가 잠깐 딴생각을 한다고 형제를 처참하게 죽이는 자는 드물다네. 그대는 내 형제다. 나는 내 뜻을 관철시키겠다고 형제를 죽이는 망나니가 아니야. 그리고 곧 알게 될걸세. 내 말의 뜻을. 아주 가까운 시간 안에. 그러니… 이 이야기는 차후에 다시 하도록 하지. 다 왔으니."

법륜은 수풀을 들춰냈다. 커다란 구덩이 안에 이철경이 정신을 잃은 채 웅크리고 있었다. 문우는 경직된 분위기를 풀어보려는 듯 다급하게 이철경의 코에 손을 가져다 댔다.

"살아 있습니다. 달리 외상은 보이질 않아요. 기력이 쇠잔해 그런 것 같습니다. 도 노사가… 그래도 최소한의 조치는 해놓고 온 모양이군요."

장산은 문우의 노력에도 여전히 깊은 생각에 잠겨 있는 듯 요지부동이다.

법륜은 주변을 한차례 둘러본 뒤 장산을 불렀다. 장산은 그제야 정신을 차리려는 듯 고개를 흔든 뒤 법륜의 곁에 섰다.

"장산, 감각도를 최고조로."

"예?"

"일단 감각도부터."

장산은 영문도 모른 채 감각도를 끌어냈다. 계속해서 법륜이 한 말이 머릿속에 맴돌았다. 무엇보다 자신을 형제라 표현한 법륜의 말이 가슴 한구석을 찔러댔다.

'우선은… 사주가 명하신 것부터……'

감각도가 최고조에 이르자 텅 빈 관도가 고스란히 느껴졌다. 수풀이 우거졌지만 수풀 사이를 지나는 작은 들짐승의 움직임마저 완벽하게 잡아냈다. 장산의 감각도는 이제 여립산이 펼치는 것 못지않았던 것이다.

"느껴지는 것이 있나?"

장산은 법륜의 말에 자신이 놓친 것이 있나 재차 확인했지만 결과는 같았다.

"…평범하군요."

"바로 이런 것일세. 내 설명해 주지."

법륜은 장산에게 미소를 보인 뒤 이철경이 누워 있던 구덩이 뒤쪽을 응시했다.

"이제 그만 나오시는 것이 어떻겠습니까?"

그러자 수풀 하나가 거짓말처럼 쩍 갈라지며 청수한 인상의 노인 하나가 모습을 드러냈다. 그의 얼굴은 경악으로 물들어 있었다.

아무도 없던 관도에 갑자기 노인 하나가 떡하니 등장하자 장산과 문우는 재빨리 검을 뽑아 들었다. 법륜은 손을 들어 두 사람의 움직임을 제지했다.

"그만. 이분은 적이 아닐세."

"허허, 젊은이가 대단하군."

노인의 말은 짧았지만 많은 것을 함축하고 있었다. 말 그대로 대단했다. 단순히 기척을 잡아내서가 아니었다. 물론 그것도 충분히 놀라웠지만 노인이 놀란 것엔 다른 이유가 있었다.

"어찌 알았나? 내가 적이 아니라는 것을."

"모를 이유가 있습니까? 적이었다면 굳이 쓰러진 사람을 돌보고 지켜주기까지 할 이유가 있겠습니까?"

"나는 초무량이라고 하지."

"초 노사셨군요."

법륜의 담담한 대꾸에 초무량의 눈에 이채가 서렸다.

그는 육십이 넘는 인생을 살면서 상당히 많은 사람을 봐왔다. 정도인도 있었고 마도인도 있었다. 개중엔 무인이라고 부르기 아까운 쓰레기도 상당수 있었다.

하나 이런 이들에게는 공통점이 있었다. 바로 그의 앞에 도달한 모든 이가 고개를 조아리며 목숨을 구걸했다는 점이다.

'상당한 평정심이군.'

수많은 이들이 목숨을 구걸한 이유는 다름이 아니었다. 그가 의원이었기 때문이다. 비록 무공에 많은 뜻을 두어 신의(神醫)라 불리기엔 부족함이 있었지만 그가 지닌 의술은 결코 가벼운 것이 아니었다.

"그리 놀라실 것 없습니다, 제가 호들갑을 떨어야 할 이유는 어디에도 없으니까요. 단지 감사함을 전하면 그뿐이겠지요."

"……!"

초무량의 눈이 경악으로 물들었다.

'내 생각을… 읽었나?'

우연으로 치부하기엔 상황이 너무나 절묘했다. 법륜은 경악으로 물든 초무량의 얼굴을 바라보며 쓴웃음을 지었다. 팔자에도 없는 역술인 흉내를 내고 있지만 이런 행동은 세상사 이치에도, 자신의 성정에도 맞지 않았다.

'귀신 소리를 듣겠군.'

법륜은 초무량을 담담하게 바라보며 들뜬 진기를 가라앉혔다.

"실례했습니다, 초 노사. 방금 본 것은 그리 신경 쓰지 않아도 괜찮습니다."

"자네……."

초무량은 여전히 놀란 가슴이 진정되지 않는 듯 두 눈을 동그랗게 뜨고 법륜을 바라보고 있었다. 수염을 멋들어지게 기른 노인이 놀란 얼굴로 얼빠진 표정을 하고 있자 상당히 우스워 보였다.

"도대체 어디에서 배웠지?"

"소림에서 배웠소."

"허! 타심통인가?"

불가의 전설은 유명해도 너무 유명했다.

'하지만 말 그대로 전설인 줄로만 알았는데……'

초무량이 눈을 가늘게 뜨자 법륜은 헛기침을 하며 시선을 회피했다. 타심통인지 뭔지는 이제 안 쓰는 것이 좋겠다고 생각하면서.

"그것이 뭔지는 잘 모르겠소. 이제 이런 이야기는 그만하고 본론으로 들어가는 것이 어떻소?"

"허허, 말을 돌리는군. 이야기하지 않고 싶다면 그것도 좋겠지. 허면 무슨 이야기부터 해볼까? 소림이 어인 일로 이 먼 섬서에 와 있나?"

초무량의 눈빛은 종전의 어벙함과는 궤를 달리했다. 마치 법륜이 제 속내를 들여다본 것처럼 법륜의 속내에 무엇이 들어 있는지 꿰뚫어 보려는 것 같았다.

'저 친구처럼 타심통을 이용해 속내를 읽는 것은 아니지만……'

그에겐 그간 수많은 환자를 치료하며 쌓아온 경험과 세월

이 있었다. 죽음을 목전에 둔 자들이 드러낸 표정과 감정은 강렬하다. 삶의 마지막 순간에 모든 것을 표출해 내기에 그만큼 많은 것을 전달한다. 초무량은 그 감정의 세월을 고스란히 받아내며 살아왔다.

"구양세가에서 요청이 왔었지요. 혹 그쪽과 관련이 있습니까?"

"구양세가에서……?"

초무량은 법륜의 말에 입을 열기를 주저했다. 눈앞에 선 이들이 아무리 선해 보여도 무인이다. 게다가 한눈에 봐도 제대로 배운 무공이다. 투로의 정련과 풍부한 경험이 은연중에도 훤히 보였다.

'눈앞의 이자는 차치하고서라도 뒤의 둘도 그리 쉽지는 않겠구나.'

초무량은 불신의 빛을 띠는 장산과 쓰러진 자를 등 뒤에 두고 자신을 노려보는 문우를 보며 입맛을 다셨다. 게다가 소림의 제자라는 젊은이는 타심통까지 구사하지 않는가.

"소림이라……. 구양세가와 연이 있던가?"

초무량은 그렇게 물을 수밖에 없었다. 어차피 읽힐 속마음, 상대방의 의중이라도 떠보는 것이 백번 나았다.

"초 선배, 우리는 선배와 싸울 생각이 없습니다. 여민원이라는 곳에서 오셨군요. 의원이라……. 확실히 예상외이기는 하지만… 어느 정도 예상은 했습니다."

"예상이라? 어찌 그리 확신하지?"

잠시 탄성을 내지르던 초무량은 법륜의 무표정한 얼굴을 보며 다시 한번 침음을 삼켰다.

"모를 수 있겠습니까? 이리 상처를 전문적으로 돌보는 이가 의원이 아니라면 무엇이겠습니까?"

"여민원은?"

"…그저 읽히더이다."

타심통의 전설은 사실이었다.

'읽었군. 거짓이 아니었어.'

초무량은 너무 놀라 부들부들 떨리는 손을 억지로 진정시켰다. 의원이라는 말에 장산과 문우가 놀란 표정을 짓는 것이 한눈에 보였다.

장산은 기척을 읽을 수 없던 노인이 고작 의원이라는 것에, 문우는 이철경을 돌본 이가 의원이라는 것에 안도감을 느끼는 듯했다. 그런 이들을 뒤로한 채 법륜은 초무량의 눈동자를 가만히 들여다봤다.

'맑다.'

첫 번째 감상이다. 이런 자는 악인일 수 없었다. 완고한 고집이 보이긴 했지만 그것은 의원으로서 가져야 할 소신 같은 것이리라.

'그리고 걱정이라······.'

두 번째는 조금 달랐다. 초무량은 알고 있음이다. 법륜 일행이 적인지 아군인지에 대해선 확신하지 못하지만, 지금 구양세가에서 벌어진 사달이 결코 가볍지 않으며 그 중심이 뿌리째 흔들리고 있음을.

'어느 쪽이냐가 문제인데······.'

아군이라면 더없이 든든하다. 무공도 무공이거니와 전장에서의 의술은 가볍게 볼 수 없는 재주다. 아니, 어쩌면 무공보다도 더 귀중한 재주다.

싸우는 것은 누구나 할 수 있지만, 사람을 살리는 것은 아무나 할 수 없기 때문이다.

"이쪽은 사돈을 뵈러 가려 한다네. 소가주의 어미가 이 사람의 딸일세."

결국 초무량은 속내를 먼저 털어놓을 수밖에 없었다. 상대방의 마음을 읽는 법륜 앞에서 어떤 술수도 통하지 않으리라는 것을 알았기 때문이다.

사돈과 소가주라는 이름이 나오자 법륜은 그제야 초무량의 속내를 들여다보던 눈길을 거뒀다. 혈연으로 묶였으니 적어도 딴생각은 하지 않으리라는 예상에서였다.

'자식은 아비를 죽여도 아비가 자식을 죽이진 않겠지.'

패륜을 의심하는 것은 모두 구양선 탓이다.

"그렇군요. 소가주의 외조부라면 더없이 든든합니다. 그는 지금 이전에 백호방이라 불리던 곳에 거하고 있으니 시간이 되신다면 이 친구를 그쪽으로 옮겨주시겠습니까?"

초무량은 군더더기 없는 법륜의 요구에 저도 모르게 고개를 끄덕였다. 이런 위급 상황에서 아군인지 적군인지 모를 이에게 동료의 목숨을 맡긴다? 이쪽은 몰라도 저쪽은 확실하게 적이 아님을 확신했다. 그렇지 않고서야 일행을 넘겨줄 리 만무했다.

"그런데 소가주는 무탈하신가? 신군은?"

"소가주는 괜찮소. 신군은… 나도 소식을 모르겠구려."

법륜은 이철경을 들쳐 메고 초무량의 등을 가리켰다. 이철경을 업은 초무량이 법륜에게 마지막 질문을 건넸다.

"그보다 어디로 가려는가? 혹 금영방인가?"

"맞습니다. 금영방으로 가지요."

"금영방이라… 조심하게. 금영방엔 염화쌍곤이 있었어. 그는 강하네. 그런데도 이렇게 몰렸어. 구양세가에서 그 친구가 감당할 수 없는 자는 몇 없네."

"구양철을 알고 계시는군요. 그러면 걱정하지 않아도 됩니다."

초무량은 법륜의 담담한 어조에서 튀어나온 구양철이라는 이름 석 자에 적잖이 놀라 되물었다.

"그를 아는가?"

"이미 한번 붙어봤습니다. 일전엔 제가 신세를 졌지요. 허나… 이번엔 다를 겁니다."

법륜은 그 말을 끝으로 돌아섰다. 장산과 문우가 걱정스럽다는 얼굴로 초무량의 등에 업힌 이철경을 바라보았으나, 법륜이 손짓하자 이내 법륜의 등을 쫓아 움직이기 시작했다.

"저 노인 때문입니까?"

초무량에게서 멀어지자 장산은 궁금증을 참지 못하고 법륜에게 물었다.

"맞다. 어찌 보이던가?"

"…알 수 없더군요. 감각도로 끊임없이 파고들었는데도… 희뿌연 안개처럼 아무것도 보이질 않더이다."

"그래, 제대로 보았다. 저 초무량이란 의원, 초절정의 끝자락에 도달해 있더군. 의원이라 하기엔 과한 무위지."

법륜은 잠시 장산을 물끄러미 보다가 입을 열었다.

"일전에 무당의 청인이란 도사를 만난 적이 있지. 그는 강했다. 십 년 전의 나보다도 훨씬 높은 경지에 있었으니 지금은 또 어떨지 모르지. 하물며 소림과 무당을 제외한 다른 일곱 곳엔 그와 같은 자가 없음을 확신할 수 있겠나?"

장산은 법륜의 말에 느껴지는 바가 있었다. 법륜은 강하지만 또 약하다. 법륜 개인의 무력은 천하에서 손에 꼽을 정도로 강하지만, 그가 지닌 무력 외의 힘은 하찮기 그지없었다.

법륜은 장산의 대답이 없음에도 아랑곳하지 않고 말을 이었다.

"저 초무량이라는 의원도 마찬가지다. 강호엔 기인이사가 모래알처럼 많다지? 저런 자가 평범한 의원을 하고 있는 곳이 강호다. 그런 자들을 전부 제치고 군림할 수 있겠나?"

법륜은 그 말을 끝으로 달리는 것에 주력했다. 장산과 문우도 법륜의 마지막 물음에 깊은 생각에 잠겼는지 한마디도 하지 않은 채 법륜의 등 뒤를 쫓아 달렸다.

"저기 보이는군."

한참을 달렸을까. 화마에 휩싸인 금영방이 눈에 들어왔다.

"사특한 기운은 느껴지지 않는군요."

"그래."

구양선이 아니라면 구양철이다. 법륜은 어느 쪽이던 상관없다는 투로 걸음을 옮겼다.

"장산과 문우는 불길에 주의해 생존자가 있는지 확인하라. 기본적으로 상방이니 아직 나오지 못한 민초들이 있을지 모른다."

장산과 문우가 가볍게 담장을 넘어 내부로 진입했다.

"문우, 나는 왼편을 맡겠다. 너는 오른쪽을 맡아. 혹여 전투가 일어날 가능성이 보이거든 뒤도 돌아보지 말고 도망쳐라.

구양철이라는 그자, 나는 십초지적도 되지 않는다."

"십초……."

문우는 연신 십초를 중얼거리며 고개를 끄덕이곤 오른쪽으로 튀어나갔다. 그 모습을 지켜보던 장산도 그에 질세라 왼쪽으로 달렸다.

법륜은 한참을 금영방의 정문에서 타오르는 불꽃을 바라보다 한숨을 내쉬었다.

'특별히 위험한 것은 없는 모양이군.'

금영방 내부를 기감을 펼쳐 샅샅이 뒤졌지만, 구양철의 기척은 느껴지지 않았다. 장산과 문우가 좌우로 향했으니 자신은 정면으로 가면 된다. 뒤쪽은 절벽에 가까운 산이니 누군가를 추적할 일이 없었다.

법륜은 불에 탄 대문을 가볍게 밀며 안으로 들어섰다. 내부의 광경은 처참했다. 가장 먼저 눈에 들어온 것은 이미 불에 타 재가 되어버린 전각이었다.

"다행히… 사람은 없어 보이는군."

아주 약간의 생기도 느껴지질 않았다. 법륜은 전각을 둘러보며 외원을 거쳐 내원의 입구로 향했다. 안으로 들어서자마자 일직선이니 길을 찾기는 쉬웠다.

내원의 문을 지나자 거대한 공터에 눈에 익은 쌍곤이 널브러져 있었다. 땅에 힘없이 떨어진 쌍곤을 보며 법륜은 다시금 느꼈다.

"염 대주……."

인연의 질김을.

"다시 보자더니… 이렇게 만나는구려."

그리고 그 지독한 운명을. 태양신군의 충신이자 두 자루의 쌍곤을 귀신처럼 다루던 사내. 염포는 두 눈도 감지 못한 채 그 자리에 차갑게 굳어 있었다.

제삼십사장(第三十四章)

종전(終戰)

　법륜은 땅에 쓰러진 염포를 조심스럽게 수습했다. 금영방 같은 곳에서 아무도 모르게 죽어갈 사람이 아니었다. 그는 진정한 무인이었고, 충의와 신의를 아는 자였다.

　"염 대주, 복수는 해주리다."

　법륜은 염포를 품에 안은 채 장산과 문우가 오기를 기다렸다.

　장산과 문우는 여전히 찜찜하지만 후련한 표정으로 법륜의 앞에 나타났다.

　"다행입니다. 안에는 아무도 없는 모양입니다. 헌데……."

"헌데?"

"보셔야 할 것이 있습니다. 금영방주의 집무실 같은데 이런 저런 것들이 많더군요."

장산은 손에 들린 종이 한 장을 흔들며 법륜에게 내밀었다.

법륜이 염포를 등에 업은 채 종이를 받아 들어 읽으니 과연 장산의 말대로 한 번은 꼭 봐야 할 내용이었다.

"그 자리에 금영방주가 있었다. 그리고 도움을 구하기 위해 연락을 취한 곳이… 꽤 되는군."

법륜이 눈을 가늘게 뜨자 장산은 법륜의 말이 맞는다는 듯 고개를 주억거렸다.

"그 초무량이라는 의원도 금영방주의 부름으로 이곳으로 오는 중이었을 겁니다. 그가 철경을 만난 것이 천운이었군요."

"그래, 천운이다."

법륜은 등에 업힌 주검이 된 염포를 힐끗 바라봤다. 만약 초무량이 제때 이곳에 도착했다면 염포는 살 수 있었을지도 모른다.

'반대로 철경은 죽었을 수도 있겠지.'

잔인한 운명이다. 한 사람의 목숨을 담보로 다른 이가 목숨을 잃어야 한다는 것은.

"어찌시겠습니까? 살펴보니 꽤 많은 곳에서 구양세가에 반기(叛起)를 든 듯한데……."

"상관없다."

법륜은 단호한 어조로 선을 그었다. 전쟁은 머릿수만으로 하는 것이 아니다. 적에게 가장 치명적인 일격을 가하기 위해선 적장만 잡으면 된다. 지휘관이 없는 군대는 손쉬운 먹잇감이니까.

"우리는 단 한 가지만 생각한다. 구양철과 구양선, 그 둘만 잡으면 모든 것이 끝나."

"하지만……."

장산은 나머지는 어찌하느냐는 듯 말꼬리를 흐렸다.

"숫자는 상관없어. 그들이 믿는 것이 구양철인지, 아니면 구양선인지 알 수 없지만 어차피 이쪽은 소가주가 중심을 잡고 있다. 명분도 힘도 이쪽에 있어."

명분이 있다. 구양세가의 적통이 반기를 든 자들에게 철퇴를 가할 것이니 명분은 차고 넘친다.

법륜의 말처럼 힘도 있다. 구양철과 구양선이 아무리 강해도 지금의 법륜을 당해내지 못할 것이다. 장산은 그 점을 확실하게 인지했다.

"하지만 그들이 어디에 있는지 알 수 없지 않습니까?"

"찾아야지. 하나만 찾으면 된다."

"네?"

그게 무슨 소리냐는 장산의 의문스러운 얼굴에 법륜은 빙긋 웃음을 지었다.

"구양철만 찾으면 모든 것이 해결된다. 구양선은 마인이지만 어리석은 자는 아니야. 오히려 약삭빠르지. 종전처럼 반드시 뒤를 노린다. 그자는 그때 잡으면 된다."

"너무 위험하지 않겠습니까?"

"괜찮다."

법륜은 자신감 넘치는 말투로 계속해서 걱정을 표하는 장산을 제지했다.

'이번엔 다를 것이다.'

법륜은 이번에야말로 끝을 보기로 작정했다. 이제 더 끌려다니는 것은 사양이다. 무공의 열세도 극복했다. 구양철을 뒤에 두고 도주하는 일도 다시는 없을 것이다.

법륜의 마음속엔 뭐든 해낼 수 있다는 자신감이 충만했다.

"장산, 여기 이자를……."

법륜은 장산에게 등에 업고 있던 염포를 넘겼다.

"누굽니까? 이미 죽은 것 같은데."

"염포다. 태양신군 구양백 선배의 충신이지. 소가주에게 시신을 전달하라. 그리고 문우와 함께 그곳에 남아."

"사주께서는 어찌하시렵니까?"

자신들이 법륜의 곁에서 떨어지면 어떻게 하느냐는 듯 문우가 다급하게 물었다.

　"나는 구양철을 찾는다. 그러면 구양철과 구양선 둘 다 잡을 수 있겠지."

　"위험하지 않습니까?"

　문우가 장산도 깜짝 놀랄 만큼 크게 소리치자 법륜은 크게 웃음을 터뜨렸다.

　"너무 걱정하지 않아도 된다. 그보다 그대들도 충분히 준비를 하는 것이 좋을 거야."

　"예?"

　"적에게 생각할 수 있는 머리가 있다면 이쪽의 머리를 쳐낼 것 같거든."

　"그렇군요. 반기를 든 반역자들. 그들에게 최우선 제거 대상은 세가의 적통인 소가주일 것입니다. 일단 저희는 그쪽으로 움직이지요."

　장산은 반발하는 문우의 옷깃을 잡아끌었다.

　"대형!"

　"그만!"

　장산은 더 이상의 항명은 용납하지 않겠다는 듯 엄한 얼굴로 문우를 잡아당겼다. 새로운 세계를 본 장산은 법륜의 행동이 충분히 이해가 됐다.

'의원마저 나보다 강한데… 구양철이라는 그자는 어떨지…….'

법륜은 자신과 문우가 무사하길 바랐다. 한편으론 홀로 서서 강해지길 바랐다. 법륜의 의도대로라면 그 전장이 백호방임이 분명했다.

[문우, 상황 설명은 따로 해줄 터이니 일단은 따르라.]

문우는 장산의 차분한 전음에 잠자코 그의 등 뒤를 따라 걸었다.

그러면서도 연신 뒤를 흘끗거리는 것이 물가에 내놓은 어린애를 걱정하는 듯하다.

'누가 누굴 걱정하는지.'

법륜은 그런 둘의 모습을 보며 쓴웃음을 지었다. 지켜줘야 한다고 생각한 이들에게 보호의 시선을 받는 것이 그리 나쁘지만은 않았다.

"좋아, 이제 찾아볼까."

법륜은 기감을 넓게 퍼뜨렸다.

염포의 시신은 아직 따뜻했다. 숨이 끊어진 지 얼마 되지 않았다는 뜻이다. 그 말은 곧 흉수가 그리 먼 곳까지 이동하지 못했을 것이란 가정을 동반한다.

금기가 그물처럼 뻗어나가며 금영방 주변을 샅샅이 훑고 나아갔다.

마치 그물에 걸리는 고기 하나도 놓치지 않겠다는 듯 철저하게 훑었다.

'이쪽은 없고.'

금영방 뒤쪽은 잠잠했다. 별다른 인기척이나 소란이 없었다.

'일단 백호방 쪽은 제외한다. 그럼 이쪽인가?'

백호방 쪽에서 기척이 느껴졌다면 금영방에 도달하기 전에 법륜이 알아챘을 것이다. 그렇다면 남은 길은 하나다.

'구양세가.'

다시 구양세가다. 무슨 이유에서인지 구양철은 다시 구양세가로 향했다.

법륜은 멀리 떨어져 있음에도 그의 의도를 명확하게 알 수 있었다.

'기다리고 있다.'

구양철은 지금 누군가를 기다리고 있었다. 그게 법륜일지 아니면 구양선일지 모르는 일이지만 갈 곳이 정해졌으니 크게 상관은 없었다.

"오히려 잘됐군. 헤매지 않아도 되겠어."

법륜의 신형이 하늘로 둥실 떠올랐다.

탈태를 겪은 후 그 어떤 것보다 많이 변한 것이 기의 통제에 관한 것이다. 이제 법륜은 자신의 몸 정도는 눈을 감고도 허공을 유영하게 할 수 있을 정도로 내기를 자유자재로 다루고 있었다.

허공답보로 몸을 띄우자 금영방의 전경이 한눈에 들어왔다.

이제 이곳에 더는 미련이 없었다. 확인할 것은 전부 확인했고 염포의 시신도 수습했다. 남은 것은 구양철과 구양선의 목뿐이었다.

'기다려라.'

법륜의 신형이 쏘아낸 화살같이 허공을 가르고 움직였다.

                    *   *   *

구양백은 연신 숨을 헐떡이며 높은 담장 아래에 몸을 숨겼다.

'어쩌다 이런 꼴이 됐는지… 굴욕적이군.'

모두 자신의 업보였다.

홍균과 염포, 그리고 손자 구양비의 말에 따라 단매에 구양선을 쳐 죽였다면, 아니, 애초에 구양선을 구하지 않았더라면 이런 험한 꼴은 보지 않았을지도 모른다.

"홍 대주……."

홍균은 구양선의 일장을 대신 얻어맞고 머리가 터져 즉사했다. 아까운 사람이 죽었다.

차라리 이 노구가 죽었더라면, 그랬다면 아까운 생목숨이 날아가지 않았을 것이다. 그랬다면 이 치욕스러운 순간을 겪지 않았을지도 모른다.

"여기에 있었군."

구양백이 숨을 헐떡이다 머리 위에서 들려오는 목소리에 깜짝 놀라 급히 숨을 들이켰다.

"누구냐?"

"접니다. 흐흐."

마인 구양선이 담장 위에서 구양백을 차가운 눈으로 내려다보고 있었다. 그 눈이 마치 개구리를 앞에 둔 독사의 눈빛처럼 냉정했다.

"이놈……!"

"내가 얼마나 찾아다녔는지 아시오?"

"뭐라?"

구양백은 노기를 터뜨렸지만 구양선은 눈 하나 끔벅거리지 않았다.

오히려 용건은 하나뿐이라는 듯 담장에서 훌쩍 뛰어내리더니 구양백 앞에 떡하니 버티고 섰다.

"이상한 놈을 만났지. 구양철이라던가. 처음 보는 자였는데 죽을 뻔했소."

"철… 그 아이를 만났단 말이냐?"

구양백은 구양세가의 신화였다.

그는 세가에서 무소불위의 권력을 휘둘렀다. 그런 그가 구양철을 모를 리 만무했다.

'하지만 그 아이는……'

욕심이 없는 아이였다.

동생인 구양정균이 탐욕의 화신처럼 보여 항상 경계를 해야만 하는 자였다면, 구양철의 성품은 담백했다.

그런 그가 이런 혼란스러운 상황 속에서 모습을 드러냈다? 의도가 있지 않고서는 있을 수 없는 일이었다.

'세상이 무너져도 제자리를 지킬 것만 같은 아이였는데, 그 아이에게도 욕심이 있었던가.'

구양백은 도무지 믿을 수 없다는 얼굴로 구양선을 올려다봤다. 아무리 봐도 거짓을 말하는 것 같지는 않았다.

"그렇소. 괴물이 따로 없더군. 나는 내가 괴물인 줄 알았는데. 흐흐. 잘못하면 그 괴물에게 전부 다 빼앗기겠소."

"아니다. 그 아이는 무공 외에는 욕심이 없어."

구양선은 그럴 줄 알았다는 듯 구양백을 비웃었다.

"하나만 알고 둘은 모르는군. 무공 외에 욕심이 없다? 그 말은 무공에 대한 욕심이 전부 채워지면 어떻게 돌변할지 모르는 자라는 뜻이지. 그는 적어도 당신보다 두세 수는 위였어."

"그래서… 그래서 대체 무슨 짓을 저지르려는 게냐?"

구양백은 힘이 빠진다는 듯 다시 담장에 몸을 기대었다.

"시간이 없어. 더는 얘기를 들어주고 싶은 기분이 아니고. 간단하오. 남화신공의 오의를 넘기시오."

구양백은 끝이 없는 구양선의 욕심에 혀를 내둘렀다. 한 번 훔쳐본 것으로 부족했던가.

구양백은 문득 가슴속 한구석에 불어오는 공허함에 한숨을 푹 내쉬었다.

'인생무상이라더니 정말 아무것도 의미가 없구나. 그깟 무공이 뭐기에, 그깟 권력 따위가 뭐기에……'

구양백은 더는 보기 싫다는 듯 품에서 책자 한 권을 꺼냈다. 남환신공의 비급이다.

"가져가려면 가져가라. 이제 더는 네 얼굴을 보고 있는 것이 힘들구나."

"흐흐, 이리 쉽게 내줘도 되오? 그렇다면 그간 어찌 그리 인색하게 굴었소?"

구양선은 구양백의 앞으로 천천히 걸어갔다.

무슨 의도로 이리 쉽게 오의를 넘기는지 알 수 없었지만 이건 기회였다.

구양철과 법륜 둘 중 어느 하나 쉬운 상대가 없었다. 힘을 갖지 않으면 잡아먹히는 세상. 그것이 구양선의 세상이었고,

그는 주어진 삶에 충실했다.

"던지시오."

구양선은 구양백의 딱 열 걸음 앞에 서서 비급을 넘기기를 종용했다. 구양백은 그 말에 어이가 없어 헛웃음을 흘렸다.

스승과 제자 사이에 차리는 예(禮)는 차치하고라도 적어도 그간 감사했다는 말 정도는 남기고 가져갈 줄 알았다.

"옜다, 이 빌어 처먹을 놈."

구양백은 비급을 던지고 눈을 감아버렸다.

'너무 지쳤어.'

그가 모든 것을 쉽게 포기한 이유, 너무 지쳤기 때문이다. 권력의 다툼도, 싸움도 이제는 신물이 났다. 의도는 또 있었다. 구양철이 세상 밖으로 나왔다면 한바탕 평지풍파(平地風波)가 불 것이다.

그때 구양철과 구양선이 서로 치고받는다면, 그사이에 자신이 몸을 회복하고 힘을 기른다면 또 한 번의 기회를 만들 수 있었다.

"고맙소. 끝으로 이 말은 정말 하고 싶었소."

'끝으로……?'

하지만 구양백은 너무 순진했다. 구양선에게 구양백은 단지 무공을 훔쳐 배울 수단에 지나지 않는다는 것을 몰랐다.

"잘 가시오."

구양백은 심장으로 파고드는 가느다란 손가락을 보며 눈을 부릅떴다.

"크어억!"

"내력은 내가 잘 써주지. 그간 고생 많았소, 늙은이."

태양신군으로 혁혁한 위명을 날리던 위대한 무인이 몇 백 년간 땅에 묻혀 있던 목내이(木乃伊)처럼 쭈그러들었다.

단말마의 비명과 잔혹한 마인. 그것이 태양신군 구양백이 강호에 남긴 마지막 유산이었다.

법륜은 허공을 한차례 박찬 뒤 지면에 내려섰다. 기분 나쁜 무언가가 계속해서 그의 감각을 자극했다.

'마기인가. 방향은… 역시 세가로군.'

마기는 법륜이 내뿜는 금기에 반응이라도 하듯 움찔거리더니 순식간에 자취를 감췄다.

"재미있군. 마치 살아 있는 것 같지 않은가."

구양선의 경지가 분명 이 정도는 아니었다. 그는 강했지만 명백한 한계를 가지고 있었다.

고작해야 초절정. 하지만 지금은 달랐다. 마치 그 한계를 벗어던졌다는 듯 기민하게 반응했다.

'상상 이상이군.'

구양선의 한계는 그가 지닌 무공에 있었다. 마공이라서가 아니었다. 그의 무공이 태생적으로 기형적인 탓이다.

내력의 단련과 육신의 단련, 두 가지가 조화를 이루어야 다음 경지로, 또 다음 경지로 나아갈 수 있다. 그것이 무공이다. 무작정 내력만 키우는 구양선의 마공은 분명한 한계가 있었다.

하지만 방금 전의 마기는 움직임이 달랐다. 마치 수족처럼 움직였다. 그 말은 곧 구양선이 한계를 극복했다는 말과 같았다.

법륜은 구양선에 대해 갖고 있던 편견이 벗겨지는 기분이 들었다.

'마주친다면……'

그래, 구양철 정도의 상대로 생각해야 할 것이다. 법륜은 고개를 주억거리며 마기의 잔재가 가장 진하게 남은 곳으로 걸음을 옮겼다.

그렇게 일각을 걸었을까.

법륜은 그곳에서 목내이가 되어버린 허리 굽은 노인 하나가 가슴이 꿰뚫린 채 엎어져 있는 것을 발견했다.

얼굴을 보지 않았음에도 법륜은 이 노인이 누구인지 알 수 있었다.

'노선배……'

예상하지 못했다면 거짓말이다.

그가 모습을 드러내지 않을 때부터 충분히 벌어질 수 있는 일이었다.

하나 이처럼 비참한 모습의 최후를 예상한 것은 아니다. 평소 그의 모습답게 고고하게, 그리고 당당하게 죽음을 맞이했을 것이라 생각했다.

"헌데 노선배도 결국 이렇게 되어버렸군요."

법륜은 구양백의 시신을 반듯하게 눕힌 뒤 두 손을 모아 합장했다.

많은 것을 알려준 강호의 선배에게 표할 수 있는 최소한의 예의였다.

'내세에선 무인으로 살지 마시오.'

법륜은 속으로 간절하게 빌었다. 회의감과 무력감이 북받치듯 올라왔다.

왜 무인이 되었던가. 선택권이 있었다면 그는 무인이 되지 않았을 것이다.

법륜은 문득 장산이 떠올라 쓴웃음을 지었다.

중원의 패자. 얼마나 우스운 말이던가.

그는 할 수만 있다면 과거로 돌아가 무공 따위는 때려치우고 불경을 공부하는 학승이 되고 싶었다.

'부질없는 생각인지……'

불가능하기에 더 간절한지도 모른다. 법륜은 이번 일을 끝으로 은둔을 할까 생각했다.

아무도 없는 곳에서 아무런 원한도 쌓지 않고 산다면 근심 없이 살 수 있을 것 같았다.

"그전에… 그대부터 처리해야겠지만."

법륜의 시선 끝에 걸린 한 사람. 구양철이 심유한 눈으로 법륜을 바라보고 있었다. 몇 번의 망설임 끝에 구양철의 입술이 힘겹게 떨어졌다.

"놀라운 일이다. 어찌 살았지? 아니, 어떻게 멀쩡하게 내 눈앞에 있는지 궁금하군."

법륜은 구양철을 향해 다가섰다.

"궁금하다면 알려줄 의향도 있소. 물론… 마지막 순간에?"

법륜은 구양철이 한 말을 그대로 답습했다.

"흐흐, 나를 따라 하는가? 되었다. 궁금하긴 하지만 네놈의 의도가 뻔히 보이니 넘어가 줄 수는 없겠지."

구양철의 담담한 태도에 법륜의 눈가에 이채가 서렸다.

"조건이 있소."

"네놈이 내걸 조건을 생각한다면 모르는 것이 약이다."

구양철은 여전히 담담한 기색을 유지했다. 법륜은 그의 담백한 태도에 고개를 끄덕였다.

"그것도 그렇군. 허나 들어보지도 않을 참이오?"

"말하게."

"이대로 물러나 금분세수하시오. 그리고 세상 밖으로 한 걸음도 딛지 마시오. 그렇게 하겠다면 알려주지."

"하하하!"

구양철은 법륜의 말도 안 되는 제안에 우습다는 듯 광소를 터뜨렸다.

이제 와서? 그런다고 무엇이 달라질까. 구양철은 패권을 향한 웅지를 품었고, 법륜은 그 길을 막아섰다.

앞을 가로막는 자에게 패배해 죽을지언정 굴복은 할 수 없었다.

'그게 내 삶의 방식이니까.'

법륜은 광소를 터뜨리며 웃는 구양철을 향해 마지막 일갈을 터뜨렸다.

"역시 안 되는 모양이군! 이대로 가다간 더는 돌이킬 수 없어! 안타깝게 스러져 갈 목숨들이 아깝지 않단 말인가!"

"대의를 위해선 희생도 필요한 법이지."

법륜은 구양철의 말에 분통을 터뜨렸다. 대의를 위해 소를 희생한다? 법륜으로선 상상도 할 수 없는 일이다.

"말이 통하지 않는군. 오라! 이전과는 다를 터이니!"

"두고 보지. 과연 얼마나 극복했는지."

두 사람은 동시에 폭발적으로 진기를 끌어올렸다.

선공은 구양철이 빨랐다. 화륜이 몸 주변으로 떠오르더니 삽시간에 법륜의 팔방을 에워싸고 떨어졌다.

'당황했군.'

구양철은 급했다.

법륜은 그 사실을 명확하게 인지했다. 종전에 느낀 여유는 온데간데없었다. 그가 만약 냉철함을 유지하고 있었다면 이렇듯 급한 움직임을 보일 이유가 없었다.

'위기감을 느끼는가.'

구양철의 표정을 보니 스스로 인식하고 있는 것은 아닌 것 같았다.

너무 달라진 법륜의 모습과 느껴지는 심상치 않은 기운에 몸이 저절로 반응하는 것 같았다.

법륜은 제자리에 선 채 금기를 일으켜 불광의 벽을 세웠다. 아무것도 없던 허공에서 벽이 스르르 일어나는 것 같더니 어느새 화륜의 진로를 방해하고 섰다.

"어딜!"

구양철은 화륜의 진로가 방해받자 곧장 두 주먹을 뻗어 경력을 쏟아냈다.

단숨에 벽을 부수고 화륜으로 목을 가르겠다는 의도이다. 뻔히 보이는 의도에 법륜은 불광벽파에 공급되던 진기를 배가시켰다.

"뚫을 수 없을 거다."

법륜의 담담하고 조용한 어조가 구양철의 귀에 쏙 틀어박혔다.

말 그대로였다. 불광벽파는 기존의 것과 차원이 달랐다. 넘실거리는 금기의 빛깔은 종전보다 두 배는 밝고 찬란해 보였고, 벽은 배 이상 두꺼웠다. 구양철도 그 사실을 잘 아는 듯 잔뜩 힘을 줬다.

콰아앙!

구양철의 포격이 연달아 꽂혔다.

불광벽파가 출렁이며 해일을 만난 돛단배처럼 흔들렸다. 하지만 그뿐이었다. 법륜의 호언장담대로 불광벽파는 견고하게 서서 구양철의 경력을 모조리 받아냈다.

까드드득!

뒤이어 화륜들이 금기의 벽을 긁고 지나갔다. 법륜은 사방으로 조여 오는 화륜의 한가운데에서 두 손을 중단으로 모았다.

강력하게, 그리고 더 강력하게.

기존의 무공으로는 과거를 답습할 뿐이다. 모든 것을 할 수 있는 자유를 얻은 이상 써줘야 했다.

중단에 모은 양손에서 금기가 파직거리며 불꽃을 피워냈다. 금기의 속성 중 양의 기운을 극한으로 뽑아낸 것이다. 법륜은 손에 어린 불꽃을 한차례 둘러본 뒤 강력한 일권을 쳐냈다. 바닥을 향해서.

콰아아아앙!

무시무시한 폭음과 함께 주변을 맴돌던 화륜들이 일시에 터져 나갔다.

'하나 더.'

법륜은 재차 손을 뻗어 경악한 표정을 짓고 있는 구양철의 면전에 날렸다.

구양철은 불꽃의 방벽을 일으켰다. 모욕을 당한 기분이다. 불꽃을 지배하는 자신에게 양기를 가득 실은 일격이라니. 구양철이 벽을 향해 손짓하자 벽에서 불꽃의 화살이 뻗어 나왔다.

불화살과 법륜의 일권이 허공에서 부딪쳤다.

크고 작은 폭발이 여기저기에서 일어나며 흙바닥을 뜨겁게 달궜다. 법륜은 자욱하게 일어나는 흙먼지 속에서 후속타를 준비했다.

'빠르고 날카롭게.'

송곳 같은 경력이 팔을 타고 올라왔다. 쌍수진공파. 법륜은 나선으로 회전하는 경력을 두 손에 실은 채 땅을 박차고 달렸다.

언젠가 숭산에서 보여준 기괴한 움직임의 야차능공제가 제 모습을 선보였다.

팔을 휘저으며 다가서는 속도가 상상 이상이다. 쾌속의 움직임 속에서 법륜은 쐐기를 박기 위해 신안마저 끌어냈다.

'오른쪽.'

법륜은 인간의 몸으로는 불가능한 각도로 신체를 비틀었다.

순식간에 정면에서 우측으로 시야가 돌아갔다. 시간이 멈춘 것만 같은 그 순간, 법륜의 우수가 구양철의 가슴을 노리고 쏘아졌다.

콰드득!

구양철은 찰나에 가까운 시간에도 법륜의 공세를 완벽하게 방어해 냈다. 적어도 겉으로는 그렇게 보였다.

'위험했다.'

진정으로 위험했다. 옷자락이 뒤틀리며 휘감긴 순간, 진기를 급하게 끌어모으지 않았다면 큰일이 날 뻔했다. 넝마가 된 옷자락을 들추자 그 사이로 처참하게 일그러진 팔뚝이 보였다.

잘못하면 늑골이 죄다 박살 나서 단번에 숨통이 끊어질 뻔했다. 구양철은 뒤로 물러나 팔을 들어 보이며 한숨을 내쉬었다.

"역시… 그때 손해를 보더라도 명줄을 끊어야 했다."

그만큼 위협적인 한수였다. 구양철은 법륜이 자신보다 하수라는 생각을 말끔하게 지웠다.

동등한 상대, 어쩌면 자신보다 높은 경지의 무인이라 상정하고 싸워야 했다.

"후회되나?"

법륜은 그런 구양철을 향해 왼손에서 휘도는 진공파를 겨누며 물었다.

"흐흐흐. 후회하느냐고 물었나? 전혀. 오히려 고맙기까지 하군."

구양철은 가슴을 쭉 펴며 답했다. 한껏 자신감을 드러내는 동작이었지만 법륜의 두 눈엔 그의 모습이 초라해 보였다.

"내가 숙부를 아래로 굽어봤을 때, 나라를 잃은 것만 같았다. 올려다볼 상대가 없다는 것은 슬픈 일이지. 하지만 하늘이 무심하지 않았는지 너를 이 세상에 내려보냈구나."

구양철은 하얀 송곳니를 드러내며 으르렁거렸다. 그의 표정은 몹시 즐거워 보였다.

"이제부터 너를 동등한 상대라 생각하겠다. 너마저 죽인다면 나는 자신감을 가져도 되겠지."

"자신감?"

"세상을 굽어볼 수 있다는 자신감. 천하를 내 발아래 두고 굽어볼 수 있다는 그런 자신감 말이다."

법륜은 여전히 진공파를 겨눈 채 구양철을 향해 웃음을 흘렸다. 명백한 비웃음이었다.

"그건 해서 뭐 하려고?"

군림(君臨).

남아라면 한 번쯤 꿈꿔볼 법한 일이다. 하지만 강호에서 소중한 인연을 너무 많이 잃은 법륜은 군림이라는 단어에 회의감만 느껴질 뿐이다.

군림은 해서 뭣 하느냐는 법륜의 말에 구양철은 되레 당황스럽다는 표정을 지었다.

"그만한 힘을 지니고도 쓰지 않겠다는 말인가?"

법륜은 잠시 대답을 유보했다. 그는 알까? 힘은 쓰고 싶다고 해서 함부로 쓸 수 있는 것이 아니다.

쓰고 싶다고 마구잡이로 쓴다면 구양선과 다를 것이 무엇인가.

'힘은… 오로지 힘은……'

천하를 위해 쓰여야 한다. 군림이 아닌 창생(蒼生)을 위해서. 법륜은 구양철의 질문에서 답을 유추해 냈다. 천하에서 오로지 그만이 할 수 있는 답을.

"아니, 쓸 것이다. 내 사람을 지키기 위해서. 내 터전을 지키기 위해서. 그리고 이 세상 모든 사람을 위해서. 당신처럼 허튼 곳에 시간을 낭비할 생각은… 없다."

법륜은 그 말을 끝으로 입을 꾹 다물었다. 어차피 말이 통하지 않는 상대. 더 이상의 입씨름은 시간 낭비였다. 그에겐 남아 있는 적이 하나 더 있음이니.

"이제 그만 끝내자."

"쉽지 않을 거다."

구양철은 이를 바득바득 갈며 진기를 휘돌렸다. 그는 스스로가 조급해하고 있음을 인지했다.

이유는 간단했다. 자꾸만 법륜이 자신을 아래로 내려다보는 것만 같은 느낌 때문이다. 무공의 문제가 아니었다.

'그릇의 차이.'

천하를 꿈꾸는 자는 위대하다. 그는 언제나 그렇게 생각했다.

하나 그런 천하마저 헌신짝 버리듯 포기할 수 있는 자는 어떠한가.

능력의 문제가 아니라면 오히려 천하를 꿈꾸는 자보다 더 위험하고 무서운 자다.

자신이 아득바득 중원 제패를 향해 달려갈 때, 법륜은 뒤에서 자신을 비웃으며 스스로의 고련에만 몰두할 것 같은 느낌이 들었다.

'우습게 보이던가.'

구양철은 가만히 눈을 감은 채 상념에 잠겼다. 법륜이 그렇게 무도한 자는 아니니 자신을 향해 기습을 펼치지는 않을 것이다. 그는 점차 상념에 빠져들었다.

지금의 법륜은 젊은이다운 패기가 없었다.

불과 몇 시진 사이에 사람이 하늘과 땅 차이로 변해 버린 것이다. 구양철은 그런 법륜을 보며 문득 우습다는 생각이 들었다.

'언제부터 내가 이렇게 앞뒤를 쟀다고……'

하등 상관없는 문제였다.

법륜이 변했든 변하지 않았든 자신의 길만 가면 되었다. 그게 자신의 방식이다. 먹지 못할 떡을 억지로 삼키는 무모함이 자신의 본모습이었다. 여기에서 꺾이더라도 세상은 기억할 것이다. 구양철이라는 무인이 여기에 있었음을.

'아니면… 저놈이라도 날 기억해 주겠지.'

그거면 됐다.

"상념이 길었군. 기다려 줘서 고맙네."

"피차 마찬가지."

법륜의 말에 구양철은 희미한 미소를 지으며 내력을 점검했다.

진기는 멀끔하게 회복되어 있었다. 한 줌의 호흡으로도 만전의 상태로 끌어올릴 힘이 그에게는 있었다.

'그래, 이 힘을 믿자.'

천우신조라 했던가. 스스로 노력하니 하늘도 그 정성을 외

면하진 않으리라. 구양철은 그렇게 생각하며 몸을 날렸다. 이 모든 생각을 법륜이 속속들이 읽고 있다는 사실도 모른 채로.

구양선은 세가에서 멀찌감치 떨어진 전각의 지붕 위에서 두 사람을 지켜봤다. 기감의 감지 범위가 얼마나 되건 지금은 상관없었다.

두 사람은 전력을 다해 부딪치고 있었고, 자신은 그 힘을 최대한 감추고 있었으니까.

"과연……."

구양선은 감탄할 수밖에 없었다. 조부의 내력과 남환신공의 비급을 얻지 못했다면 해보나 마나 한 싸움이었다. 만약 조부가 포기하지 않고 끝까지 항전을 택했다면 여기서 이렇게 저 둘을 지켜볼 여력 따위는 없었을 것이다.

"노는 물이 다르다는 건가."

해보나 마나 한 싸움. 구양선은 그렇게 생각했다. 하지만 지금은 아니다.

자신도 저 세계에 발 하나를 걸쳐 놓지 않았는가. 지금도 그의 내부에선 끊임없이 변화가 거듭되고 있었다. 막혀 있던 벽을 부수고 한 단계씩 나아간다.

'그래, 조만간이다.'

아주 빠른 시일 내일 것이다. 이를테면……

"그게 오늘이 될 수도 있겠지."

구양선의 눈빛이 독사의 그것처럼 번뜩였다. 먹잇감을 탐색하는 뱀처럼 잔인한 빛이다.

법륜과 구양철의 접전은 갈수록 과격해졌다. 일진일퇴. 한쪽이 선공을 가져가면 반드시 후공을 되돌려 주는 싸움이 지속됐다.

'아직.'

급박한 상황 속, 법륜은 마음의 평정을 유지하기 위해 노력했다.

힘이 약해 평정을 유지하고 상대방의 빈틈을 노리기 위한 것이 아니었다. 그에겐 구양철을 상대하면서도 차고 넘치는 여유가 있었다.

그럼에도 법륜이 평정을 유지하기 위해 애쓰는 이유는 따로 있었다. 한순간의 번뜩임. 그 차갑고 사이한 느낌의 감각이 잠시 몸을 덮었다가 사라졌다. 독아(毒牙)는 창졸간에 사라졌다.

'여기에 있었구나.'

또 다른 적, 구양선이 이곳에 있었다. 법륜은 구양철의 일격을 막아내며 기감을 확장시켰다. 법륜의 예상처럼 어부지리를 노리는 구양선이 자신과 구양철을 지켜보고 있었다.

'구양선은… 아직 내 상대가 못 돼.'

법륜은 그 짧은 찰나의 순간 구양선의 기척을 읽고 수준까지 파악해 버렸다.

'문제는… 그 무공이다.'

법륜이 우려하는 바는 구양선의 무공이었다. 그것을 무공이라고 부를 수는 있을까?

'아니, 그런 무공이 세상에 있다는 것은 들어본 적도, 본 적도 없다.'

태양신군 구양백은 목내이가 되어 죽었다. 법륜은 지금까지 단 한 번도 무공으로 상대방을 목내이로 만든다는 이야기를 들어본 적이 없다.

마공.

그가 알지 못하는 종류의 마공임이 분명했다.

'흡정… 흡정이라……'

흡정마공(吸旌魔功).

법륜의 입에서 흡정마공이라는 말이 처음으로 튀어나왔다. 법륜이 흡정마공이라는 말을 입속으로 되뇔 때, 넓어진 감각 안으로 싸늘함이 느껴졌다가 이내 사라졌다.

'확실히… 성장했군.'

구양선은 성장했다. 구양철과 구양선을 연달아 상대해야 하는 법륜의 입장에선 상당히 부담스러운 일이었다.

'결코 쉽지 않겠어.'

법륜이 잠시 한눈을 판 사이, 구양철은 그 틈을 비집고 들어가기 위해 전력을 끌어내고 있었다. 화륜을 날리고 언뜻 보이는 틈을 향해 주먹과 발을 찔러 넣었다. 하지만 구양철이 얻을 수 있는 결론은 단 하나였다.

'단단하다.'

집채만 한 바위를 후려치는 것 같았다. 돌 부스러기는 떨어져도 결코 그 위용에 금이 가지 않는 거암(巨巖) 같았다. 단단함을 부술 막강한 무기가 있다면 고민할 것도 없겠지만, 그렇지 않다면 다른 방법을 찾아야 했다.

'보자……'

법륜의 공세를 하나하나 읽어내는 구양철의 눈이 진중하게 변했다.

　　　　　*　　　　　*　　　　　*

그 시각.

과거의 백호방이라는 현판을 걸었던 장원은 불길에 휩싸여 있었다. 백호방은 이제 폐허에서 거대한 잿더미가 되고 있었다.

"소가주, 이대로는 중과부적일세! 물러났다 후일을 도모하는 것이 어떻겠나?"

싸움을 지켜보고 있던 초무량은 연신 손에서 비침을 뿜어내며 소가주 구양비를 향해 소리쳤다.

구양비는 초무량의 외침을 듣지 못한 듯 불길을 일으키며 적을 참살하는 것에 몰두하고 있었다.

"어렵게 됐군."

초무량은 막 백호방의 장원에 도달했을 때, 너무 처참하게 변해 버린 상황에 할 말을 잃고 말았다. 가장 먼저 들이닥친 것은 정련방이었다.

불과 쇳덩이를 만지는 자들이다 보니 성격도 폭급했다. 마치 한 명이 선동하니 죄다 따라와 강짜를 놓는 모습과 비슷했다.

'그 말은 정련방주만 포섭하면 어떻게 된다는 뜻이기도 한데……'

정련방주를 포섭하면 휘하의 장인들을 단번에 휘어잡을 수 있었다.

문제는 정련방주 섭영이 자취를 감췄다는 것에 있다.

'그 욕심 많은 늙은이가 이번 일에서 빠질 이유가 없는데.'

초무량은 섭영을 잘 알았다. 같은 곳에 기반을 두고 오랜 세월 얼굴을 맞대고 살았으니 어찌 보면 당연한 일이다.

섭영은 불의 뜨거움과 쇠의 차가움을 모두 지닌 사람이었다. 이 자리에 나타나지 않았다는 것은 새로운 계산이 섰다는 뜻이다.

'그 계산 안에 소가주가 들어 있는가가 문제겠지.'

반역의 끝은 두 가지다. 성공하면 모든 것을 갖고, 실패하면 모든 것을 잃는다.

섭영은 무모하긴 했지만 머리가 없는 자는 아니었다.

'반드시 나타난다.'

초무량은 장력과 비침을 날리며 구양비가 있는 곳으로 접근했다.

구양비를 지키지 못하면 싸움에서 이겨도 패배다. 힘을 아껴야 했다.

"소가주!"

초무량은 지근거리에서 구양비를 불러 세웠다.

"조부님!"

"섭영이 보이질 않는구려. 그자는 이렇게 수하들만 사지로 몰아넣을 사람이 아니오. 필시 야료가 있을 것이니 뒤로 물러나 몸을 보전하시오."

"아닙니다! 제가 몸을 사리면 여기에 있는 이들이 어찌 저를 믿고 따른단 말입니까!"

구양비는 초무량의 간언에도 꿈쩍도 하지 않았다. 지고당주와 함께 세가에서 빼내온 무인들이 무너지고 있었다.

이런 상황에서 자신이 뒤로 물러난다면 진형은 단번에 깨진다.

'하지만 외조부님의 말도 맞다. 방진을 짜서 버티는 것이 한계다. 만약 마풍방이나 정무련이 달려든다면……'

고사(枯死)다. 버티고 버티다 결국엔 모두 죽는다.

'활로가 필요해.'

활로를 뚫자면 모험이 필요했다. 그런 일을 해낼 수 있는 자는 여기에 딱 두 사람.

'나와 외조부님. 문제는 한 사람이 자리를 비우면 방진이 위태롭다는 것인데……'

그때, 땅을 진동시키는 소리가 하늘에 울려 퍼졌다.

두두두두!

저 멀리서 기마 삼십여 기가 질풍처럼 달려오고 있었다.

초무량은 허공으로 몸을 띄워 어떻게 된 연유인지 확인했다. 초무량은 선두의 기마가 들고 있는 깃발을 한눈에 알아볼 수 있었다.

"마풍방!"

마풍방이라는 말에 구양비의 얼굴에 화색이 돌았다.

마풍방이 자랑하는 기마와 표사들이라면 이 난관을 타개할 강력한 한수가 될 수 있었다.

구양비는 마풍방의 기마들이 쉽게 내달릴 수 있도록 앞으로 나서서 길을 열기 시작했다.

초무량 또한 구양비의 옆에서 그를 거들었다. 기마가 백호방에 도달하기까지의 거리는 백여 장. 삼십 기의 기마가 쾌속하게 담장을 향해 돌진했다. 그대로 들이받을 것 같은 기세였다.

'속도가 안 줄었어.'

초무량은 그제야 마풍방의 의도를 깨달았다. 저들도 정련방의 무인들과 같았다. 배신자다.

"안 됩니다, 소가주!"

삼십 기의 기마에 올라탄 무인들이 저마다 기다란 장창을 꺼내 찔러 넣었다.

기마의 속도에 장창의 묵직함이 무인의 몸에 그대로 틀어박혔다.

퍼어억!

장창에 꿰뚫린 구양비의 수하가 그대로 절명했다.

"위험!"

초무량은 당혹스러운 눈으로 앞으로 나선 구양비의 옷깃을 잡아당겼다. 구양비는 초무량의 손길에 이끌려 뒤로 물러났다.

"물러난다!"

초무량의 입에서 노호성이 터지자 방진을 구성하고 있던 세가의 무인들이 한 발, 한 발 뒤로 물러났다.

"놓치지 마라!"

정련방의 무인 하나가 크게 외치며 독려하자, 정련방의 무인들이 기세등등해 몰려들었다.

"소가주, 뒤로 물러나시오! 여기는 내가 막을 터이니 남은 사람들을 수습하시오!"

초무량은 구양비의 앞을 막아서며 달려드는 정련방 무인들을 향해 장력을 찔러 넣었다. 그와 동시에 구양비를 등으로 강하게 밀었다.

구양비는 초무량이 밀어내는 힘에 저도 모르게 뒷걸음질 쳤다.

그 뒤로 기다란 장창이 허공을 찌르고 들어왔다. 정확하게 초무량의 심장을 향한 일격이었다.

"안 돼!"

초무량은 정확하게 가슴을 노리고 날아드는 장창을 두 손으로 붙잡았다.

구양비의 다급한 외침이 초무량의 위험에 대한 감지 본능을 한껏 끌어올렸다.

'늦었다.'

장창을 안전하게 잡아냈음에도 초무량의 안색은 밝지 않았다. 장창이 한 자루가 아니었기 때문이다.

장창 한 자루를 붙잡는 동안, 십여 개의 장창이 전신을 노리고 찔러들어 왔다.

'어차피 이들을 제압하지 못하면 승산이 없다.'

초무량은 지근거리에 접근한 기마들을 보며 위기를 피할 수 없음을 깨닫자 빠르게 판단을 내렸다.

승산을 조금이라도 높인다. 그러자면 약간의 손해쯤은 감수해야 한다.

"타핫!"

초무량은 손에 잡힌 장창을 최대한 비틀었다. 초절정에 이른 내력이니만큼 장창을 든 기병은 단번에 창을 놓치고 말았다.

초무량은 장창을 한 바퀴 회전시켜 창두(槍頭)가 정면을 향하게 고쳐 쥐고 그대로 땅을 쓸 듯 휘둘렀다.

부우우웅!

철로 만든 장창이 부러질 듯 휘며 기마의 다리를 쓸었다. 다리를 가격당한 기마가 고통에 찬 비명을 내지르며 그 자리에 쓰러졌다.

쿠웅!

초무량은 쓰러진 기마와 무인은 쳐다보지도 않고 다음 기마를 노리기 위해 전진했다.

십여 명의 마풍방 기병이 장창을 들어 초무량의 전신을 찔러댔다. 초무량은 재빨리 신법을 펼쳐 기마의 지근거리로 접근했다.

물러나도 모자랄 판에 오히려 접근하니 기병들의 창이 간발의 차이로 초무량의 몸을 비껴갔다.

'위험……!'

첫 번째 일격은 어찌어찌 비켜냈다.

첫 공격은 상대방의 의표를 찌르는 행동으로 벗어났다지만 두 번째는 힘들다.

적들이 바보가 아닌 이상에야 한 번 더 당해주지는 않을 것이다.

'선택해야 한다.'

기마병들을 잡아내고 장렬히 전사할 것인지, 그게 아니라면 뒤로 물러나 후일을 도모할 것인지. 초무량은 두 가지 중 어떤 선택도 하지 못하고 망설였다.

목숨이 아까워서가 아니었다. 이미 살 만큼 살았고, 외손자와 외손녀를 구할 수 있다면 늙은 목숨 따위는 얼마든지 내줄 수 있었다.

'하지만 너무 불리해.'

마풍방의 기마병들을 자신의 목숨과 맞바꾼다고 해도 그 뒤가 어려웠다.

구양비와 구양연의 안전이 담보되지 않는 이상, 함부로 목숨을 내줄 수가 없는 것이다. 어쩔 수 없이 시간이라도 끌어야 하는 상황인 것이다.

초무량은 이를 바득바득 갈았다. 마풍방주와 정련방주가 눈앞에 있었다면 자신의 목숨 따위는 도외시하고 그 둘부터 찢어 죽였을 것이다.

그사이 장창 한 자루가 초무량의 목을 노리고 날아들었다. 초무량은 소맷자락을 넓게 펼친 뒤 진기를 주입해 빳빳하게 만들었다. 그러곤 깃발을 들고 돌진하는 전장의 기수처럼 휘둘렀다.

펄럭!

장창이 소맷자락에 휘감겨 딸려 왔다. 왼손에 든 창과 오른쪽 소매에 휘감긴 장창. 그와 동시에 장창을 놓치지 않으려고 애를 쓰는 기병이 땅을 뒹굴었다.

'너무 오래 걸려.'

기병들을 상대하는 것은 어렵지 않았다. 범부가 말을 타고 창을 휘둘러 봐야 일류무인도 당해내기 힘들다. 하지만 반대로 어렵기도 하다. 말에 올라탄 기수가 숙련된 자라면, 거기다 무인이라면 그 힘은 절정고수를 능가한다.

'게다가 숫자가 너무 많다.'

마풍방의 기병들을 상대할 수 있는 자는 이곳에서 자신과 구양비 둘뿐이다. 구양비는 정련방에 매여 있으니 기병들을 상대하려면 자신이 나서야 한다. 혼자서 일류무인 삼십이 탄 기마를 제압한다? 불가능하진 않아도 확실히 힘에 부치는 일이다.

'그렇다면……'

판을 다시 짠다. 초무량은 그렇게 중얼거리며 전진했다. 두 자루의 창이 초무량의 손에서 춤을 추기 시작했다. 초무량은 기병들을 직접 상대하는 대신, 정련방 무인들 사이로 파고들었다. 성난 사자가 양 떼를 위협하는 것 같았다.

퍼어억!

장창을 휘두를 때마다 여지없이 한 명이 허공을 날았다. 기병들은 여전히 초무량의 뒤를 쫓고 있었다.

남은 숫자는 스물여덟.

마풍방의 기병들은 정련방의 무인들 사이를 파고들며 적아 구분 없이 헤집었다.

초무량은 뒤를 바라보며 확신했다. 마풍방은 결심을 공고히 했다.

저들은 결코 정련방과 함께할 자들이 아니었다. 독자 노선. 마풍방이 원하는 것은 구양세가로부터의 완벽한 독립이 분명했다.

'이해는 가지만… 다른 한편으로는 이해하기 어렵군.'

한중의 토박이나 다름없는 초무량은 지난 일 년간 마풍방을 비롯한 구양세가의 속문들이 겪은 고초를 잘 알고 있었다.

마풍방의 근간은 마방과 표국이다. 그 말은 곧 의뢰를 받고 임무를 수행하는 집단이라는 말이다.

구양세가의 인력 지원이 있어도 빡빡하게 돌아가던 표국이다.

아마 마풍방은 둑에 난 구멍을 메우기는커녕 둑에서 쏟아지는 물을 그대로 바라보고만 있어야 했으리라.

그로 인해 발생한 손해는 단순히 표국의 일에만 국한되지 않았을 것이다.

표물의 손상에 따른 손해배상금, 또 의뢰를 받아놓고 수행하지 않아 생기는 위약금까지. 초무량은 마풍방주의 분노를 여실히 느낄 수 있었다.

'하지만……'

마풍방은 마풍방일 뿐이지 구양세가와 같은 거대 세력이 아니다.

저렇게 앞뒤 안 가리고 날뛰다간 금세 무너진다.

'뭔가 내가 모르는 것이 있는 게 분명하군.'

초무량은 손에 든 창으로 정련방의 무인들을 헤치고 구양비가 있는 곳까지 단번에 달려갔다.

"소가주!"

"조부님!"

구양비는 정련방의 무인들을 상대로 분전을 펼치고 있었다.

간결한 한수에 정련방의 무인이 저만치 나가떨어졌다. 일격에 한 명씩. 구양비는 난전 속에서 제 무공을 한차례 더 다듬고 있었다.

"몸을 피하는 것이 좋겠소. 아무래도 이상하군."

"무엇이 말입니까?"

"마풍방."

구양비는 마풍방이라는 한 단어에 느껴지는 바가 있었다. 마풍방이 사활을 걸었다면 있는 사람 없는 사람 모조리 끌고 나와야 했다. 그런데 나타난 것은 고작 핵심 표사 삼십 명이 전부였다.

"누가 뒤를 봐줬단 말이군요."

마풍방이 다른 세력과 결탁했다는 말이다. 확실한 증좌는 없지만 그런 느낌이 강하게 들었다.

초무량은 연신 장창을 휘두르며 구양비의 말에 고개를 끄덕였다.

구양비는 초무량의 얼굴을 보다 힘겹게 마주 고개를 끄덕였다.

"일단 물러납시다."

물러나 세를 정비한다. 물러나자면 신경 써야 할 것이 한두 가지가 아니다.

수하들을 비롯해 무공이라곤 일초반식도 모르는 지고당주와 여동생을 챙겨야 한다. 거기다 아직 깨어나지 못한 부상자도 있었다.

'그래도 할 수 없다.'

또 다른 세력이 들이닥쳐 전부 죽는 것보단 손해를 보는 것이 나았다.

구양비는 손을 들어 전면을 향해 거대한 불덩어리를 쏘아냈다. 이 불길이 잠시나마 적들의 시선을 붙들어주기를 바라면서.

"물러난다!"

*   *   *

한편, 장산과 문우보다 먼저 금영방으로 향한 장욱은 진퇴양난의 위기에 처해 있었다. 발단은 의외의 얼굴을 본 것에 있었다.

"섭 방주……."

백호방의 부방주이던 장욱은 한중의 유력 무파의 인사들에 관해 속속들이 꿰고 있었다.

정련방주 섭영 또한 그중의 하나였다. 구양세가가 그런 것처럼 과거의 백호방도 정련방에서 무기를 구입한 까닭이다.

"헌데… 어째서 저자가……."

섭영뿐만이 아니다.

정련방의 무인인 듯한 자들 이십 명이 병장기를 갈무리한 채 예기를 번뜩이고 있었다.

칼날이 향하는 방향은 금영방. 장욱은 섭영을 바라보며 눈을 번뜩였다.

'속문의 완벽한 규합에는 실패했다.'

백호방의 부방주로 갈고닦은 식견은 어디 가질 않았다. 장욱은 살기등등한 섭영의 얼굴을 보자마자 그들이 칼을 거꾸로 쥐었다는 사실을 깨달았다.

'유인한다.'

금영방에는 무인이 별로 없다.

고작해야 염화쌍곤 염포와 이철경이 전부이다. 이대로 섭영을 비롯한 정련방의 무인들이 금영방으로 들이닥친다면 필사다.

'전부는 상대하지 못하더라도…….'

유인 정도는 할 수 있었다.

장욱은 섭영의 뒤를 쫓다 갈림길이 나타나자 뒤에서 기습을 가했다. 그간 갈고닦은 야차팔식의 일권이 정련방 무인의 머리를 터뜨렸다.

파아앙!

"억!"

머리가 깨진 무인은 단말마의 비명을 지르며 그 자리에서 허물어졌다.

"누구냐!"

이상을 가장 먼저 알아챈 것은 역시 섭영이었다.

섭영은 비명성이 들린 곳을 향해 급하게 몸을 날렸다. 장욱은 그런 섭영을 보며 희미한 미소를 짓곤 그대로 뒤를 돌아 도주했다.

'장욱? 백호방의 부방주이던……?'

섭영은 상대가 자신에게 지어 보인 웃음이 마치 비웃음을 날리는 것처럼 보였다.

순식간에 섭영의 얼굴이 붉게 달아올랐다. 농락당한 기분이 든 것이다. 섭영은 붉게 달아오른 안색으로 장욱의 뒤를 쫓았다.

"거기 서!"

섭영은 허리에 차고 있던 소부(小斧)를 장욱의 등을 향해 집어 던졌다.

장욱은 등 뒤에서 들리는 파공음에 달리던 걸음을 멈추고 제자리에서 뛰어올랐다. 몸을 휘돌려 발등으로 회전하는 소부의 날을 정확하게 걷어찼다.

쩌엉!

소부가 장욱의 놀라운 각법에 방향이 뒤틀려 땅에 꽂혔다.

"이놈이!"

섭영은 자신의 소부가 땅에 처박히자 내심 놀라는 한편, 가슴속에 치미는 노기를 그대로 분출했다.

그의 뇌리에는 '감히 백호방의 부방주 따위가?'라는 생각이 가득했다.

섭영 또한 백호방과의 오랜 거래를 통해 장욱의 얼굴을 알고 있었기 때문이다. 더불어 그가 지닌 무공까지도.

"이놈 저놈 하지 마쇼. 내가 당신 자식새끼도 아니고."

장욱이 빈정거리자 섭영은 뒤따라온 무인들을 향해 손짓했다.

"포위해! 내가 직접 잡는다!"

장욱은 씩씩대는 섭영을 향해 손가락을 까닥거렸다.

이 정도로는 어림도 없다는 뜻이다. 엄청난 자신감이다. 그러고는 자신의 자신감이 결코 빈말이 아님을 증명해 냈다.

자신의 후방을 점한 무인을 순식간에 제압해 섭영에게 던진 것이다.

섭영은 자신에게 날아오는 무인을 한 걸음 옆으로 옮겨 피해냈다. 수하들의 안위 따위는 중요하지 않았다.

자신의 분노를 표출하는 것이 먼저였다. 그 모습에 장욱의 주변을 둘러싸고 있던 무인들의 안색이 딱딱하게 굳었다.

'됐다.'

장욱은 내심 쾌재를 불렀다.

섭영은 감정의 기복이 심한 사람이다. 냉철할 땐 얼음장같이 차갑지만 타오를 땐 그 누구보다 뜨겁다. 그 말은 곧 싸울 때는 성난 황소처럼 들이받는다는 뜻이다.

장욱은 섭영을 흥분시키는 한편, 수하들이 섭영에게서 등을 돌리게 만들었다. 지금 당장 섭영을 배신하진 않겠지만 그 틈을 만들었다. 완벽한 계기만 주어진다면 저들은 쉽게 돌아설 것이다.

'일단은… 내가 먼저 살아야겠지만.'

장욱은 씩씩거리며 소부를 휘두르는 섭영의 일격을 몸을 뒤로 젖혀 피해냈다.

성정과는 별개로 섭영은 강자다. 허투루 볼 수 없었다. 장욱은 몸이 달궈지자마자 자신이 뽑아낼 수 있는 최고의 내력을 뽑아냈다.

그리고 이뤄진 십여 합의 겨룸. 장욱은 섭영을 압도할 수 있다는 자신감이 생겼다.

"껄껄, 제대로 배웠군. 누구에게 배웠나?"

등 뒤에서 누군가가 목검을 찔러 넣기 전까지는.

창로한 음성의 노인 호경은 장난감처럼 보이는 목검으로 장욱의 등을 툭툭 찔러댔다.

'어느 틈에……!'

장욱은 지금의 상황을 믿을 수 없었다.

아무리 섭영에게 정신이 팔려 온 신경을 집중하고 있었지만 등 뒤에서 누군가 다가설 때까지, 그리고 목검을 찔러 넣을 때까지 알아채지 못했다는 사실이 사뭇 충격적이었다.

"내 묻지 않느냐? 누구에게 배웠느냐? 뒤태가 낯이 익기도 하고……."

장욱은 눈앞의 섭영 때문에 쉽사리 등을 돌리지 못하고 머뭇거렸다.

마주한 섭영의 얼굴은 마치 못 볼 것을 봤다는 양 잔뜩 일그러져 있었다.

'어째서……?'

일그러진 섭영의 얼굴을 보니 등 뒤의 노인이 적군은 아니라는 생각이 들었다.

그제야 장욱은 등 뒤의 노인이 누구인지 짐작이 갔다. 장욱은 노인의 질문에 순순히 답했다.

"장욱이라 하오. 낯이 익은 것은 아마 우리가 구면이기 때문이겠지요."

"장욱? 백호방의 그 애송이?"

장욱은 자신을 애송이라 칭하는 호경의 평에 아무런 말도 할 수 없었다.

그의 입장에서 보자면 자신은 애송이 그 자체나 다름없었으니까.

"맞소. 정무련 검정무관의 관주 호경 노사."

호경은 장욱의 입에서 자신의 이름이 나오자 고개를 끄덕였다.

백호방이라면 한중의 유서 깊은 명문이다. 방주이던 여립산과 그의 조부와도 연이 있지 않았던가.

"그렇군. 백호방이 구양세가의 반대편에 섰나? 백호방이 재건되었다는 소식은 듣지 못했는데."

"하하!"

장욱은 호경의 말에 웃음을 터뜨렸다.

호경은 무공은 고강할지 몰라도 강호사에 대해선 순수한 백지와도 같았다. 아직까지 상황이 어떻게 돌아가는지 모르다니.

"뭐가 우습지?"

장욱은 손을 들어 일그러진 섭영의 얼굴을 가리켰다.

"저 얼굴을 보시오. 백호방이 문제겠소, 아니면 저기 서 있는 정련방주라는 자가 문제겠소?"

그제야 호경은 섭영의 얼굴을 바라봤다. 장욱의 손짓에 섭영의 얼굴이 더욱 붉어졌다.

"그런가? 그렇게 된 것이었군."

호경은 섭영의 얼굴을 보자 상황이 어떻게 돌아가는지 깨달았다.

정련방은 구양세가에게서 돌아섰다. 금영방주가 전령을 보내 소식을 전할 때 절대 그럴 일 없을 것이라 자신했지만 상황은 자신이 생각한 것과 정반대로 돌아갔다.

'너무 오랜 시간이 흘렀구나.'

한중은 너무 오래 고요했다. 구양세가의 지배하에 평온한 시간을 보냈다.

오랜 평화가 힘을 기를 시간을 줬고, 무인들은 그 힘을 마음껏 휘두르길 원했다. 그러기엔 구양세가가 무너진 지금이 가장 적기일지도 모른다.

"좋아, 백호방의 부방주. 상황은 잘 알았다. 허나 그대가 세가의 편이라는 것을 어찌 믿지?"

"믿지 않아도 좋소. 다만 이쪽엔 소가주가 있지. 그거면 된 것 아니오?"

소가주라는 말에 호경의 눈썹이 움직였다.

"소가주? 비아를 말하는 겐가?"

"그렇소. 그가 폐허가 된 백호방에 있소."

그 말에 호경이 고개를 끄덕였다. 소가주의 존재보다 더 확실한 보증이 있을까.

'게다가… 이놈은 옛날에도 이랬지.'

거침없는 사내. 자신이 지닌 것 이상으로 뭔가를 해낼 줄 아는 사내다.

호경은 문득 과거에 장욱이 한판 붙자며 덤벼든 것이 떠올랐다. 그때 얼마나 대소(大笑)를 터뜨렸던지.

"좋아, 이놈부터 처리하고 확인해 보지."

호경이 목검을 들어 섭영의 얼굴을 겨눴다. 섭영의 얼굴이 터질 듯 부풀어 올랐다. 분노와 당황, 그리고 목숨에 대한 걱정으로.

*　　　*　　　*

법륜은 구양철을 향해 몸을 날렸다.

몸을 휘감은 불광벽파는 몇 차례의 접전을 끝으로 무너져 내린 지 오래였다.

'확실히 강력하긴 강력하다.'

절대의 방벽을 자신했지만 구양철의 공세에 속수무책이다. 하지만 확실하게 달라진 점도 있었다.

구양철의 공세가 그렇게 두렵지 않았다. 이전에 붙었을 땐 한수, 한수를 어떻게 막아내야 할까 온 신경을 집중해야 했지만 지금은 달랐다.

'보인다.'

너무나 또렷하게 보였다.

구양철이 어떻게 움직일지, 또 어떤 생각을 하는지 확실하게 알 수 있었다.

'좌 상방, 세 치.'

생각을 읽자마자 구양철이 한 치의 오차도 없이 움직였다. 법륜은 살짝 고개를 틀어 구양철의 일권을 비켜냈다. 법륜이 너무 쉽게 공격을 피해내자 표정이 급변했다.

'알아챈 모양이군.'

구양철은 공세를 멈추고 뒤로 물러서 법륜의 얼굴을 매섭게 노려봤다.

"네놈……."

처음에는 느끼지 못했다.

전에 그랬던 것처럼 서로 타격을 주고받았다. 몸을 휘감은 불광이 사라질 때까지는.

"나를… 이 나를 시험했군."

구양철은 치밀어 오르는 분노에 분통을 터뜨렸다.

감히 자신을 시험대로 삼다니. 구양철은 일전에 법륜이 모르고 행하던 타심통의 신기가 다시 발동했다고 생각했다. 아니, 확신했다.

'그렇지 않고서야……'

이렇게 자로 잰 듯 정확하게 피할 수는 없었다.

만약 그것이 가능하다면 법륜이 자신보다 열 수는 위여야 가능하다.

"시험이라……. 틀린 말은 아니군."

법륜은 구양철의 말에 동의했다.

맞다. 구양철은 시험대였다. 타심통 없이 얼마나 할 수 있을지 확인해 보기 위해서 정면에서 부딪쳤다.

결과는 성공적이었다. 압도할 수는 없었지만 맞상대는 얼마든지 가능했다.

'타심통을 꺼내면……'

완벽한 압도다. 이제 끝낼 때가 되었다.

법륜은 한 걸음 앞으로 나서서 구양철을 향해 선고(宣告)를 내렸다.

"구양철 그대가 이곳에, 이 대지에 있었다는 것을 기억하겠다. 편히 눈을 감도록."

"이익!"

양쪽에서 동시에 기합성이 터져 나왔다. 두 사람의 신형이 허공에서 교차했다.

법륜은 허공에 몸을 실은 채 발을 차올렸다. 오랜만에 꺼내드는 사멸각이다.

좌아악!

발끝이 칼날처럼 날카롭게 일어섰다. 구양철은 허공에서 몸을 비틀어 어렵지 않게 법륜의 각법을 피해냈다. 하지만 진짜는 그다음이다.

법륜은 발을 차올린 자세 그대로 다시 한번 허공에서 도약했다.

파앙!

아무것도 없는 허공을 밟고 위로 몸을 띄우자 구양철이 노호성을 터뜨렸다.

법륜은 구양철의 머리 위에서 몸을 비틀어 수도를 내리그었다. 진기의 칼날이 구양철의 머리 위로 떨어졌다.

"어딜!"

구양철은 번쩍이는 불꽃을 머리 위에서 터뜨렸다. 불꽃이 쩍 하고 갈라지며 황금빛 검이 머리 위로 떨어졌다. 구양철은 천근추의 수법으로 재빨리 땅으로 내려섰다.

마음껏 허공을 도약하는 법륜의 움직임에 제대로 대응하려면 지면에 발을 굳건히 해야 했다.

구양철은 중단에 모은 손으로 연달아 권법을 쳐냈다. 눈이 어지러울 정도로 굉장히 빠른 연환격이다.

하나 법륜의 대응은 그보다 더 신속했다. 허공에서 구양철의 주먹을 상대하는데도 한 손으로 한 치의 오차도 없이 전부 비켜냈다.

"받아봐라. 염라주다."

법륜은 허공으로 도약할 때보다 더 빠른 속도로 지면에 내려섰다.

쾌속의 속도로 몸을 회전시키며 땅에 내려선 법륜의 손엔 황금빛 염주가 쥐어져 있었다.

법륜은 손을 휘둘러 염라주를 허공에 던진 후 염주를 이루고 있는 백팔 개의 작은 강환을 손가락으로 일일이 튕겨냈다.

찰나의 순간에 백팔 개의 강환이 앞으로 쏟아지며 터져 나갔다.

콰아앙!

콰아아앙!

연달아 울리는 폭음 속에서 법륜은 차분하게 다음 수를 준비했다.

그의 심중에는 구양철이 염라주에 죽지는 않았을 거라는 확신이 있었다. 황금빛 서기가 다시 한번 법륜의 몸을 뒤덮었다.

염라주는 법륜이 지닌 무공 중 가장 큰 폭발력을 자랑하는 절초이다.

하지만 파괴력을 묻는다면 염라주보단 진공파다. 법륜은

양손을 중단으로 모은 채 금강령주에서 회전하는 진기를 뽑아내 무한정 밀어 넣었다.

'진공파.'

먼지가 걷히기도 전 법륜은 진공파를 쏟아낼 준비를 끝마쳤다. 양팔에 전사력이 실리며 공기가 일그러졌다.

'야차구도살에 싣는다.'

야차구도살의 십팔강격. 송곳처럼 뻗어나가는 연한의 신기가 법륜의 손에서 재탄생했다.

두 손에 막대한 진기를 실은 채 법륜은 기다렸다. 구양철이 모습을 드러내기를.

이윽고 먼지가 걷히자 법륜은 양손을 들어 구양철을 겨눴다.

"상황이 바뀌었군. 이번엔 내가 묻지. 남기고 싶은 말은?"

"⋯⋯."

구양철은 여전히 싸늘한 눈빛을 거두지 않은 채 법륜을 노려봤다. 그는 지금 위기감을 느끼고 있었다.

단 한 번도 느껴보지 못한 위기감이 전신을 엄습했다. 죽음에 대한 공포. 구양철은 지금 법륜에게 공포를 느끼고 있었다.

'이 내가 죽음을 두려워한단 말인가.'

구양철의 전신을 잠식했던 분노는 이미 싸늘하게 식어 사라지고 없었다. 머리가 어지러웠다.

"답하지 않는가?"

"어떻게 이렇게 바뀌었지? 그것도 불과 몇 시진 사이에?"

구양철은 끝끝내 묻고야 말았다.

그 질문은 법륜이 자신보다 상수임을 인정하는 것과 다르지 않았다. 게다가 달라진 법륜의 변화에 느낀 당혹감보다 궁금증이 더 컸다.

"말한다고 알겠나?"

법륜은 그런 구양철의 질문에 냉소로 응대했다. 그런 법륜의 말에 구양철은 아무런 말도 할 수 없었다.

맞는 말이다. 지금 그 연유를 안다고 해서 바뀌는 것은 하나도 없었다.

'그저 시간 끌기일 뿐.'

이대로 접전이 계속되면 땅에 눕는 것은 자신이다. 법륜은 굳게 입을 다문 구양철을 향해 일갈했다.

"네 야욕은 끝났다! 역사 속으로 사라져라!"

법륜은 양손에 그러모은 진공파를 쏘아냈다.

공기가 휘말리며 굉음을 냈다. 구양철은 애써 불꽃을 끌어모아 방벽을 둘러쳤다. 황금빛 진기가 구양철의 화벽을 흩어냈다. 진공파는 어느새 구양철의 전신 근처까지 밀고 들어왔다.

"타핫!"

구양철은 이대로 끝낼 수 없다는 듯 전신의 공력을 폭발시켜 전신에 불꽃을 둘렀다. 거대한 불꽃이 다시 한번 진공파의 전진을 막아냈다. 그때였다, 심장이 떨어질 만큼 놀라운 일이 펼쳐진 것은.

스르륵!

법륜의 신형이 허공에서 그림자처럼 흩어졌다. 아홉 개의 신형. 소림의 신기인 연대구품이 법륜의 몸에서 진가를 드러냈다.

'고맙소, 법무 사형.'

법무가 펼친 연대구품과는 차이가 있었다. 법무의 연대구품에 연꽃이 피어나듯 자연스러운 자연의 이치가 담겨 있다면, 법륜이 펼친 연대구품은 기괴했다. 단번에 아홉 개의 신형이 생겨났다.

"끝이다. 당신과 나의 전쟁은 끝났어."

아홉 개로 불어난 법륜의 신형이 구양철의 팔방을 점하고 둘러섰다. 법륜의 분신 여덟이 동시에 손을 들어올렸다. 붉은색 강환이 손바닥 위에 스르르 떠올랐다.

법륜의 장심이 구양철의 몸에 닿았다. 터져 나가는 진기의 폭발은 제마장의 절초 적옥이었다.

콰아아앙!

연달아 터져 나가는 적옥의 공세에 구양철의 신형이 이리저리 흔들리다 공중에 덜컥 멈춰 섰다. 나타날 때처럼 기척도 없이 사라지는 분신들, 그리고 남은 하나. 법륜의 손이 허공에 걸린 구양철의 가슴을 꿰뚫었다.

퍼억!

"편히 쉬시오."

구양세가의 숨은 실력자 구양철의 운명은 그렇게 결정되었다. 그리고 한 사람, 법륜과 구양철의 접전을 지켜보던 독사의 눈빛이 사라진 것은 그때였다.

제삼십오장(第三十五章)

협정(協定)

법륜은 숨이 끊어진 구양철의 가슴에서 손을 빼냈다.

구양철은 자신의 죽음이 억울하다는 듯 끝내 눈을 감지 못했다.

'도대체 몇 번째인지.'

자신의 죽음을 믿지 못하고 눈조차 감지 못한 채 생을 마감한 이들을 마주한 것이 이곳에서만 벌써 세 번째다.

법륜은 손에 그득한 핏물을 땅에 털어냈다. 손에 묻은 피가 이처럼 낯설게 느껴지는 것은 오랜만이다.

"끝났군."

말 그대로 끝이 났다.

구양철은 죽었으며 자신은 살았다. 법륜은 생기(生氣)라고는 한 줌도 없는 공터에서 나지막하게 읊조렸다.

법륜은 숨이 끊어진 구양철을 반듯하게 눕히고 양손을 가슴께에 모아 수습했다.

반듯하게 누운 구양철의 두 눈을 쓸어내리자 구양철은 조용히 눈을 감았다.

'죽은 자는 말이 없다.'

누군가의 입을 막기 위해 상대방을 죽인 것은 아니지만 죽은 구양철을 보니 그 말이 여실히 와닿았다.

구양철은 삼류무인도 있다는 그 흔한 별호조차 남기지 못하고 스러졌다.

'그 누구도 이 남자를 기억하지 못하리라.'

역사는 구양철 대신 그의 목숨을 끊은 자신을 기억하리라.

"이래도 나오지 않을 참인가."

접전 중 싸늘한 시선이 느껴지는 것을 분명히 느꼈으니 그는 여전히 이 자리에 있을 터이다.

법륜은 구양철의 시신을 뒤로한 채 공터에 우두커니 섰다.

법륜이 눈을 감았다가 뜨자 한 사내가 공터에 자리하고 있었다.

"오래 기다리게 했나?"

마인 구양선.

법륜은 그런 구양선을 차가운 시선으로 노려봤다.

모든 사달이 저 마인으로부터 시작됐다. 따지고 보면 긴 여정이었다.

법륜은 긴 여정의 끝에서 구양선을 다시 만났다. 구양선을 보자 알 수 없는 친근감마저 느껴졌다.

전투를 앞두고 나누는 대화마저 오랜 지우(知友)와 나누는 사담 같았다.

"오래는 아니지. 전부 보지 않았는가? 그대의 숙부는… 내 손에 죽었다."

"숙부라… 그런 것이 내게 있었던가?"

구양선은 예의 그 비아냥거리는 어조로 법륜을 자극했다.

법륜 역시 그럴 줄 알았다는 듯 평온한 어조로 툭 내뱉었다.

"기대를 한 내가 잘못이지."

애초에 기대를 걸 수 없는 인간이었다. 아버지를 죽이고 끝까지 자신의 편을 들던 조부마저 죽인 인간이다. 일말의 기대감 같은 것이 있을 리 없었다.

"알면 됐다. 헌데……."

구양선이 손을 들어올렸다.

법륜을 향한 손짓이 아니었다. 구양철을 향한 손짓이었다.

"상황이 이렇게 된 것에 내 책임을 부정할 생각은 없다. 다만… 싸우는 것을 보니 저대로 눕혀두기엔 아깝다는 생각이 들더군. 잠깐 수습할 시간을 주겠나?"

법륜은 구양선이 던진 의외의 말에 눈을 가늘게 떴다. 너무 상반된 태도이다. 구양선의 말을 곧이곧대로 믿기엔 무리가 있었다.

애초에 구양철의 죽음에 일말의 책임감을 느꼈다면 그가 죽기 전에 얼마든지 끼어들 수 있었다.

"그 말을 나보고 믿으라는 건가?"

법륜이 어깨를 으쓱이자 구양선 역시 별 기대도 안 했다는 듯 고개를 주억거렸다.

단지 구양철의 시신을 물끄러미 바라보는 모양에 의미를 알 수 없는 안타까움이 배어 있었다.

"역시 안 되는군. 그럼 남은 것은 하나뿐이군. 붙자."

"그렇지. 우리에게 남은 선택지는 하나뿐이니."

법륜이 주먹을 들어올려 기수식을 취하자, 구양선 역시 허리춤에 찬 검을 뽑았다.

검집에서 뽑혀 나오며 내는 검명(劍鳴)이 공터에 울려 퍼졌다. 내뿜는 예기가 왜인지 모르게 익숙했다. 법륜에겐 낯이 익은 검이었다.

"홍 대주… 홍 대주의 검이로군. 그마저 죽었나?"

"열화검(熱火劍)이라고 하더군. 뭐 직접 들은 것은 아니지만… 검에 그렇게 쓰여 있더군. 홍 대주도 내가 그의 검을 쓰는 것에는 큰 불만이 없을 거야."

"홍 대주는 네 목숨을 구해줬다. 자신의 팔 하나를 희생해 가면서. 그런데도 그를 죽였나?"

법륜은 구양선의 얼굴에 주먹을 날리고 싶은 심정을 억지로 참아냈다.

이미 이룬 평정심이 소림의 고승 못지않은 법륜도 구양선의 말투와 폐부를 후벼파는 비아냥거림에 열불이 났다.

"뭐, 좋을 대로 생각해."

법륜은 구양선이 장난스럽게 검을 휘두르며 마기를 피워 올리자, 그 조급함과 무너지는 평정심이 어디에서 기인하는지 깨달았다.

'마기……'

마기 때문이다.

정화의 불길인 남환신공이 이토록 다른 양면을 가지고 있을 줄은 꿈에도 몰랐다.

구양선의 전신에서 피어오르는 마기가 법륜의 신경을 자극하고 전신의 감각을 혼란스럽게 했다.

'완벽한 상극이로군. 조심해야겠어.'

상극이라 함은 본디 한쪽이 지닌 장점을 무력화시키는 경우가 많다.

법륜이 지닌 금강령주의 진기는 파사현정(破邪顯正)의 신기로 구양선이 지닌 남환신마공에 완벽한 상극이다.

다만 그 반대의 경우도 분명히 존재한다. 정이 마를 이긴다? 마가 정을 갉아먹고 끝내는 꺾을 수도 있는 일이다. 구양선은 그 정도로 확실히 많이 성장했다.

"많이 컸군."

법륜은 그 감상을 가감 없이 뱉어냈다.

그 말에 이번엔 구양선의 얼굴이 꿈틀거렸다. 많이 컸다는 말은 분명 칭찬이다.

하지만 적어도 호적수라 생각하는 법륜에게는 듣고 싶지 않은 말이다.

"됐다. 말장난은 그만하지. 와라."

구양선은 체내에서 완벽하게 합일된 마공을 풀어냈다. 구양선 본인이 지닌 진기와 태양신군 구양백이 가지고 있던 남환신공의 진기가 하나 되어 몸을 휘돌았다.

법륜은 구양선의 몸에서 끓어오르는 마기를 보며 몸의 긴장감을 재차 높였다.

'역시… 노선배의 진기를 먹어치운 모양이군.'

구양선의 내력은 이 정도가 아니었다.

법륜은 등 뒤에 반듯하게 누운 구양철의 시신을 바라봤다.

자신이 흡정마공이라 칭한 불가사의한 무공을 떠올리자 구양선의 의도가 훤히 보였다. 구양철의 진기마저 먹어치우려 했던 모양이다.

"비도(匪徒)를 걷는 자에게 무슨 말이 더 필요할까. 간다."

법륜은 빠르게 구양선의 전면으로 치달았다.

구양선은 검을 단단히 고쳐 쥔 채 달려드는 법륜을 향해 외쳤다.

"비도를 걷는 자? 너나 나나 마찬가지가 아니던가! 잔말 말고 오라!"

법륜이 먼저 달려들었지만 선공은 구양선이 먼저였다. 열화검에서 익숙한 검공이 모습을 선보였다.

열화철검식이다. 홍균을 비롯한 구양세가 최고의 타격대라는 화류대의 성명절기가 남환신마공의 모습을 빌려 현신했다.

'왼쪽, 그리고 정면 상단, 다시 왼쪽.'

법륜은 구양선의 공세를 구렁이 담 넘듯 받아넘겼다. 구양선 또한 이 정도는 당연하게 피해낼 것이라 생각했는지 연이어 검을 찔러 넣었다.

역시 과거에 본 적이 있는 열화철검식의 초식이었다. 다만 다른 점이라면 위력, 그리고 속도였다.

'위험……!'

법륜은 구양선의 코앞에서 허리를 젖혀 검극을 피해낸 뒤 다시 등을 튕겨 허리를 세웠다.

무공 교본에나 나올 법한 완벽한 철판교(鐵板橋)의 수법이었다. 법륜은 허리를 곧게 세운 즉시 미끄러지듯 지면을 훑고 전진했다.

이어서 차올린 각법은 사멸각이다. 파도와 같은 금빛 물결이 넘실대며 구양선의 전신을 휩쓸었다.

좌아아악!

구양선은 금빛 너울을 유심히 바라보더니 검을 뒤로 뺐다가 양손으로 쥐고 그대로 휘둘렀다.

우 하단에서 좌 상단으로, 사선을 잇는 참격이 해일을 가르고 전진했다.

'부족하군.'

구양선은 자신의 열세를 단숨에 깨달았다. 손에 쥔 검이 거칠게 흔들렸다.

그와 동시에 구양선의 시선이 저 멀리 쓰러진 구양철에게 향했다.

구양선은 저도 모르게 혀를 날름거렸다. 탐스러운 먹잇감을 두고 또 다른 포식자와 다퉈야 한다는 사실이 못내 아쉬웠다.

'안타깝기까지 하군.'

흔들리는 검을 고쳐 잡았다.

지금 당장 먹이를 삼키기엔 눈앞에 선 적이 너무 위협적이었다. 하지만 조만간이다.

'조금만 기다려라.'

독사의 싸늘한 눈빛이 번뜩였다.

＊　　　　＊　　　　＊

그 시각.

호경은 섭영의 얼굴에 주먹을 꽂아 넣고 있었다.

정무련 검정무관, 그리고 그곳 관주의 명성은 허언이 아니었다.

장욱은 자신과 비슷한 경지의 섭영을 어린애 다루듯 하는 호경을 질린 눈으로 바라보고 있었다.

"네놈이, 응? 간덩이가 아주, 응? 탱탱 부었구나, 응?"

퍽퍽퍽!

'응'이라는 단어가 호경의 입에서 나올 때마다 격타음이 연달아 터져 나왔다.

장욱은 그 모습을 질린 듯 바라보다 조용히 호경을 불러 세웠다.

"호 노사."

"응?"

퍽!

섭영은 호경의 마지막 일권에 그대로 혼절해 버렸다.

'검정무관의 관주가 괴팍하다더니 그 수준을 넘어섰군.'

장욱은 호경의 손에 매달린 섭영에게 애도를 표했다.

끝내 목숨을 부지해도 여생을 죽만 먹으며 살아야 할 판이다. 이가 죄 부러져 나갔기 때문이다.

"자, 이쪽은 해결이 됐고, 그럼 백호방으로 가면 되나?"

호경은 혼절한 섭영을 장욱에게 던지며 등에 메라는 시늉을 해 보였다.

장욱은 혹여나 자신에게도 불똥이 튈까 얼른 섭영을 등에 멨다. 업기 전 마혈을 제압하는 것도 잊지 않았다.

"맞습니다. 서두르시죠."

장욱이 앞장서서 걷자 호경은 은근한 말투로 장욱을 자극했다.

"여립산… 그 아이가 머나먼 사천 땅에서 숨을 거뒀다는 이야기는 익히 전해 들었지."

"모를 수나 있겠습니까? 한창 핍박받던 시절인데."

고인이 된 여립산의 이야기가 나오자 장욱의 말투가 퉁명스럽게 변했다.

"물론 그때 일은 나도 미안하게 생각하네. 구양백 그 친구가 주도하는 줄로만 알았어."

"됐습니다. 이미 당사자가 목을 내놓기로 했으니 끝난 일입니다."

"당사자? 장영조 그 친구?"

"알고 계셨군요."

장욱이 고개를 끄덕이자 호경은 탄성을 터뜨렸다.

"허, 약삭빠른 쥐새끼인 줄 알았더니 그도 아닌 모양이군. 모를 수가 있겠나? 그때 이후로 그 친구 수족들이 죄 갈려 나갔는데."

"확실히… 강단은 있더군요."

장욱이 동의하자 호경은 신이 나는지 어린애처럼 떠들어댔다.

장욱은 그런 호경을 못 말리겠다는 듯 돌아본 뒤 묵묵히 발을 놀렸다.

"그럼… 백호방의 행사는 복수는 아닌 모양이고, 여긴 왜 왔지?"

'늙은이……'

장욱은 등 뒤에서 느껴지는 섬뜩함에 저도 모르게 몸서리를 쳤다.

방금 전 목검으로 등을 툭툭 찌를 때와는 전혀 다른 기운이 전신을 감식했다.

"대답 여하에 따라 자네의 운명이 결정될 것이야. 신중하게 답하게."

장욱은 몸에 긴장감을 끌어올린 채 호경의 두 눈을 똑똑히 쳐다보며 말을 이었다.

"첫째, 나는 더 이상 백호방 소속이 아니오. 방주가 죽었을 때… 그때 백호방은 끝났소. 지금은 태영사라는 곳에 몸을 담고 있지."

"태영사?"

"소림의 속가요. 신승 법륜의 이름은 들어본 적이 있을 터인데?"

"아, 신승! 그 이름은 들어본 적이 있지. 그 대단하신 양반이 예까진 무슨 볼일이지? 내 알기로 구양세가는 소림과 별로 친하지 않아. 화산이나 종남이면 모를까."

장욱은 그 말에 쓴웃음을 지었다. 첫 번째 대답은 적절한 답변이 아니었다. 두 번째라면 어떨까.

"둘째, 구양세가의 여식이 사주와 각별한 사이요. 가문 내부의 일에 사주께 도움을 청했으니 물어 뭘 하오?"

"연아 그 아이가 도움을 청했다?"

"그렇소. 그것만이 전부는 아니지만……."

"전부는 아니다……. 내가 들어야 할 또 다른 이유가 있나?"

"마지막으로… 사주와 지금 사달을 일으킨 구양선이라는

마인은… 사이가 안 좋소. 개와 원숭이보다 나쁘다고 봐도 좋소."

"견원지간이라……"

호경이 하얗게 센 수염을 쓰다듬었다.

견원지간이라는 말을 끝으로 장욱은 다시 등을 돌려 백호방으로 향했다.

아직까지 의심의 눈초리를 거두지 않았는지 가끔씩 등을 찌르는 예기가 부담스럽게 다가왔다.

'이 이상 설명할 말도 없지만.'

어차피 오해는 호경이 구양비를 만나면 모두 풀릴 일이다. 굳이 먼저 고개를 숙일 필요는 없었다.

"거의 다 왔군. 네 말대로라면 저 안에 소가주가 있겠지. 그 말이 진실이길 빌겠다."

거짓이라면 죽이겠다는 협박이다. 장욱은 분명 알고 있는 진실만을 전했을 뿐인데도 목이 타는 것을 느꼈다.

'괴곽한 늙은이.'

호경 정도의 무인이라면 섭영과 자신을 동시에 꿰뚫는 것도 충분히 가능하리라.

아니, 식은 죽 먹기보다 쉬운 일일 것이다. 그것도 목검으로.

"나중에 딴소리나 하지 마시오."

장욱과 호경은 동시에 백호방의 담장을 타고 넘었다. 담장 위로 올라선 둘은 누가 먼저라고 할 것도 없이 경악성을 터뜨렸다.

"이게… 대체……!"

"으음……."

백호방엔 쓰러진 기마와 부러진 깃발을 든 기수, 그리고 주검이 된 수십의 무인들이 즐비했다.

호경이 눈살을 찌푸렸다. 눈앞에 펼쳐진 참사에 놀란 것이 아니었다.

'어째서…….'

의문은 이 정도의 피가 흘렀다면 진한 혈향(血香)이 느껴져야 했음에도 그런 기미조차 보이지 않았다는 점이다. 호경은 잠시 침음을 흘리더니 장욱을 노려봤다.

"이게 네가 말한 진실이더냐?"

호경의 질문에 장욱의 머릿속에 경종이 울렸다.

'죽는다.'

장욱은 재빨리 호경의 손을 쳐다봤다.

다행히 목검은 들려 있질 않았다. 장욱은 황급히 호경을 향해 변명을 내뱉었다.

"내가 떠날 때만 해도 분명 이런 상황은 아니었소. 확실하오."

호경은 담장에서 뛰어내려 시체의 산을 헤치고 앞으로 나아갔다.

"마풍방에 정련방이로군. 애송이 네 말이 맞았군. 믿고 싶지 않았지만 확실한 것 같군."

"무엇이……?"

호경은 한 구의 시신 앞에서 무릎을 굽히고 앉았다. 불길에 심하게 그을렸는지 새까맣게 변한 시체였다.

"시신이 아직 뜨겁다. 남환신공의 열기에 피가 말라붙었어. 혈향이 나지 않는 것은 그래서다. 꽤 많은 힘을 소진한 모양이군. 그리 오래되지는 않았어. 일각, 일각 정도밖에 안 됐어. 그렇다면……."

아직 소가주가 쫓기고 있을지도 모를 일이다. 호경은 시체를 뒤적거리며 장욱에게 다시 한번 물었다.

"애송이, 소가주의 일행이 몇 명이었지?"

"내가 금영방으로 떠났을 때는… 몇 명 없었소. 소가주와 그의 여동생, 지고당주와 구양세가 무인 몇 명, 그리고 태영사에서 함께 온 내 동료 셋까지. 다 해도 삼십은 넘지 않았소."

"그래? 이상하군."

죽어 쓰러진 무인의 숫자가 오십이 넘어 보였다. 그렇다면 그 배 이상이 소가주 일행을 쫓고 있다는 말이다.

호경은 고개를 갸웃거리며 또 다른 시신 한 구를 들춰냈다.

가슴에 새털처럼 얇은 비침이 잔뜩 꽂혀 있었다.

호경은 가슴에 박힌 비침을 보더니 작은 안도의 한숨을 내쉬었다.

"그가 왔었군. 그래서 약간의 여유가 있었어. 그나마 다행인가."

"그게 누군데 그러시오?"

"여민원주. 소가주의 외조부다. 그가 있었음에도 이리 밀렸다는 것은……."

혼자 왔다는 얘기다. 여민원의 의원들은 모두 일당십은 해내는 고수들이다.

그 숫자가 얼마 되지는 않아도 초무량이 그들을 직접 이끌었다면 이리 속절없이 밀리진 않았을 게다.

"여민원주라는 사람이 강하오?"

"강하다. 적어도 나 이상."

"으음……."

장욱은 호경이 평가한 여민원주라는 사람이 궁금해지기 시작했다.

동시에 불안해지기 시작했다. 호경에 버금가는 고수가 있었음에도 이리 밀렸다는 말은 그리 좋은 상황이 아니라는 뜻이니까.

"한시가 급하군. 애송이, 쫓아올 수 있겠나?"

호경은 마치 다른 사람이라도 된 것처럼 진지하게 굴었다. 장욱은 여전히 섭영을 등에 업은 채 고개를 끄덕였다.

"경신법이라면 자신 있소."

"그럼 잘 쫓아와라. 아, 등에 멘 그 쓰레기는 내다 버리고."

호경은 가타부타 다른 설명도 없이 앞으로 내달렸다. 장욱은 엄청난 속도로 치고 나가는 호경을 보며 다른 생각을 할 겨를이 없었다.

즉시 등에 업은 섭영을 땅에 내동댕이친 뒤 가슴에 발을 올렸다.

"가진 야망에 비해 상당히 허망하게 가는군. 미안하오."

장욱은 섭영의 가슴에 올린 발에 한껏 힘을 줬다. 뼈가 부러지는 소리가 들리며 섭영이 거친 신음을 토해냈다.

"끄륵!"

장욱은 섭영의 가슴뼈를 통째로 밟아 숨통을 끊어버리고 품에서 작은 패 하나를 꺼낸 뒤 뒤도 돌아보지 않고 달렸다.

호경은 벌써 저만치 앞서 가고 있었다. 장욱은 호경의 등을 쫓으며 한 가지 사실을 떠올렸다.

'빨리 가야 해.'

소가주 일행에는 태영사에서 온 동료들도 함께였다.

여민원주라는 고수가 있었음에도 물러났다는 말은 그들의 목숨도 경각에 달렸다는 것과 일맥상통했다.

장욱은 진기를 배가시켜 호경과 나란히 달리기 시작했다.

"노사, 더 빨리 갈 수는 없소?"

장욱이 금세 따라붙자 호경은 조금은 놀란 눈초리로 장욱을 돌아봤다.

"제법이군. 아직 여력이 있나?"

"물론!"

"좋다, 그럼 더 빠르게 간다."

호경의 신형이 다시 장욱을 뒤로한 채 앞서 나갔다.

장욱은 자신의 한계 이상으로 빨라진 호경을 보며 침음을 삼켰다.

'빠르다. 허나 약한 소리를 할 수는 없지. 우선은 따라잡자.'

호경을 그저 성격 괴팍한 고약한 늙은이로 생각했는데 상상 이상에 그 이상을 뛰어넘는 모습을 보여줬다. 더욱 놀라운 점은 길을 찾는 능력이다.

'아무리 흔적이 깊다지만……'

기마가 날뛰었으니 말발굽을 쫓으면 간단한 일이라 생각할지도 모른다.

하지만 한 줌의 의심도 없이 슥 둘러보며 쾌속의 속도로 길을 찾아낸다는 것은 분명 쉽지 않은 일이다.

무관의 관주라는 사람이 어찌 그리 길을 잘 찾는지, 같은 한중 출신인 장욱이 길을 헷갈릴 정도로 빠르게 달리면서도 한 치의 망설임이 없었다.

"이쪽이다!"

호경은 관도를 따라 달리다 어느 순간 산길로 급격하게 방향을 틀었다.

이제 막 사람의 손길이 닿기 시작한 야생의 길이 자태를 드러냈다.

"그리 멀지 않아!"

"알고 있소!"

호경이 말하지 않아도 장욱은 찾고자 하는 목표가 그리 멀지 않았음을 알았다.

병장기 부딪치는 소리가 고요한 산중에 울린 까닭이다. 장욱은 발에 진기를 집중시켰다. 그가 지금껏 갈고닦은 신법은 백호보. 여림산에게 직접 배운 것이다. 산중의 대호가 나뭇가지를 뚫고 포효했다.

"저쪽!"

장욱의 호쾌한 신법에 호경도 달리는 속도를 올렸다.

동시에 허리춤에 매단 목검을 끌러내 단단하게 손에 쥐었다.

적이 언제 어디서 나타나도 일검에 베어버리겠다는 기세가 역력했다.

마지막 수풀이었을까. 수풀을 헤치고 나가자 넓은 공터가 보였다. 공터엔 이미 아비규환의 상황이 펼쳐지고 있었다.

그리고 장욱의 시야에 흑색의 보검을 휘두르는 사내가 자리했다.

"철경!"

이철경은 흑철보검으로 정련방의 무사 하나를 베어 넘기다 갑작스럽게 들리는 익숙한 목소리에 눈을 치켜떴다.

"장 대형!"

이철경과 시선을 주고받은 장욱이 재차 소리쳤다.

"조금만 기다리게!"

장욱은 금세 난전 속으로 몸을 밀어 넣었다. 호경은 앞뒤 재지 않고 안으로 달려드는 장욱과 함께하는 대신 멀리서 상황을 주시했다.

'무량!'

호경의 시야에 장력을 뻗어내는 초무량이 보였다. 금단절옥의 보검을 줘도 바꾸지 않을 비침을 뿌리지 않는 것을 보니 이미 다 소진한 것 같았다.

'저쪽은 괜찮다.'

초무량은 아직 여유가 있어 보였다. 되레 장욱이 난전에 끼어들자 힘을 얻은 듯 경쾌하게 움직이며 장력을 뻗어냈다.

장력이 밀고 나갈 때마다 정련방의 무인 하나가 허공을 날았다.

호경은 눈으로 초무량의 움직임을 좇으며 구양비의 소재를
파악하기 위해 계속해서 주변을 살폈다.

'기마가 없어.'

소가주 구양비도, 그리고 마풍방의 기마들도 보이지 않았
다.

호경은 어느새 끊어진 말발굽을 보며 깊은 시름에 잠겼다.
산속으로 도주하다 보니 기마로 추적하는 것에 어려움을 느
낀 것 같았다.

'그렇다면 양방향으로 갈라졌단 말인가. 좋지 않은 선택인
데.'

호경은 초무량의 손발이 어지러워지는 것을 보며 애써 상념
을 지워냈다.

지금은 눈앞의 아군을 구해내는 것이 우선이었다. 호경이
목검을 들고 전투에 참여하자 호경을 알아본 정련방 무인들
의 기세가 주춤했다.

"여기 검정무관의 호경이 왔다! 내 검이 두렵지 않은 자는
목을 내밀어라!"

호경의 목검이 춤을 출 때마다 정련방의 무사 하나가 가슴
을 부여잡은 채 피를 흘리며 제자리에 쓰러졌다. 목검으로 때
려눕힌 것이 아니라 베어냈다.

호경이 뿌리는 검기가 얼마나 날카로운지 단적으로 보여준

것이다.

"호경!"

초무량이 성난 사자처럼 양 떼를 헤치고 전진하는 호경을 향해 크게 소리쳤다.

"이쪽보단 저 뒤로! 소가주가 저쪽에 있네!"

호경은 초무량의 말을 듣자마자 진로를 바꿔 달리기 시작했다. 초무량은 호경이 금세 진로를 바꿔 달리는 것을 보고 다시 한번 크게 소리쳤다.

"원군이 왔다! 검정무관이 함께한다! 조금만 더 힘을 내!"

초무량의 독려에 남아 있던 십여 명의 구양세가 무사들이 사기가 충천해 저돌적으로 달려들었다.

남아 있던 무인들의 분전에 정련방은 갈수록 주춤했다. 장욱은 여기에 쐐기를 박았다.

"정련방주 섭영은 죽었다! 여기 그 증거가 있다! 목숨이 아까운 자는 항복하라!"

장욱은 품에서 아까 챙긴 작은 패 하나를 꺼내 들었다. 정련방주의 위(位)를 나타내는 방주령이었다.

방주령을 본 정련방의 무인들이 도무지 믿을 수 없다는 듯 눈을 부라리더니 이내 하나둘 병장기를 땅에 떨궜다.

"안 돼! 무기를 손에서 놓지 마라! 전부 거짓이다!"

정련방의 부방주가 연신 무인들을 독려했지만 이미 대세가

기울었음을 깨달은 무인들은 부방주의 눈치를 보며 손에 든 무기를 내렸다.

"이익!"

정련방의 부방주가 이를 갈자 장욱이 앞으로 나섰다. 끝까지 항전하겠다면 해줄 수 있는 일은 하나뿐이다.

"낯이 익은 얼굴이군. 이름이… 표… 표 뭐였더라?"

"표충이다!"

"그래, 표충. 죽어라!"

정련방의 부방주 표충이 채 반응하기도 전에 장욱의 주먹이 표충의 면상을 짓이겼다. 표충은 반항다운 반항 한번 해보지 못하고 그 자리에 허물어졌다.

호경은 초무량이 가리킨 방향을 향해 전력을 다해 달려나갔다.

마풍방의 기마병이 모두 소가주 쪽으로 몰렸다면 그리 좋은 상황은 아닐 것이다. 공터에 도달했을 때 소가주를 비롯해 구양연과 장영조가 보이지 않았기 때문이다.

'무리를 하는군.'

무공을 모르는 구양연과 장영조를 보호하기 위해 구양비는 사력을 다할 것이 분명했다.

구양백과의 친교로 그의 손자인 구양비와는 언제나 일정한

거리를 두며 그리 깊은 교분을 나누진 못했지만, 그가 보아온 구양비는 그러고도 남을 사람이었다.

'게다가 이미 한계일 터.'

백호방에 뿌려진 전력을 다한 불꽃은 구양비가 한계까지 쥐어짠 힘이 분명했다.

그 대단하다는 태양신군 구양백도 단숨에 오십여 명을 불태우기엔 역부족이었으니까.

"서둘러야겠군."

구릉을 넘어 아래쪽으로 내려가자 다시 수림(樹林)이 시작됐다. 수림 이곳저곳에서 동시다발적으로 연기가 피어오르고 있었다.

"좋아, 아직까지는 무사한 모양이군."

호경은 목검을 짧게 고쳐 쥐고 수림 안으로 몸을 밀어 넣었다.

수림 안으로 들어서자 분위기가 급변했다. 해가 내리쬐는 한낮에서 갑자기 밤이 된 것 같았다. 그만큼 수풀이 우거졌다.

히이잉!

호경은 수풀을 헤치고 나아가다 기마의 울음소리에 재빨리 방향을 틀어 튀어나갔다.

기마의 울음이 끊길 때쯤 호경은 이십여 기의 기마에 둘러

싸여 불꽃을 휘두르는 구양비를 볼 수 있었다. 구양연과 장영조의 전전긍긍하는 모습도 함께였다.

"소가주! 내가 왔소! 호경이오! 합류하겠소이다!"

"관주님!"

구양비는 호경의 목소리가 들리자마자 뒤로 물러서 자신의 몸과 일 장 거리에 불꽃을 뿌려댔다. 마른 나뭇가지에 연기가 나며 불꽃의 벽이 일어났다.

"뒤로!"

구양비는 반원의 불꽃 안에서 구양연과 장영조를 뒤로 물렸다.

마풍방의 기마병이 불꽃의 벽을 따라서 거슬러 올라왔다. 구양비는 연신 손을 뻗어 기마병의 진로를 방해했다. 호경은 구양비의 분전에 기마병의 뒤를 붙잡아 짧게 목검을 휘둘렀다.

따악!

따아악!

기마의 다리를 노리고 들어간 공격이 여지없이 적중했다.

기마들이 하나둘 쓰러지자 구양비는 여유가 생겼다. 마풍방의 자랑은 기마를 탄 기병이지 기마에서 내려온 병사가 아닌 까닭이다.

구양비는 가쁜 숨을 몰아쉬면서도 상황을 냉철하게 읽어낼 수 있었다.

'어찌어찌 또 살았군.'

이번엔 정말 운이 좋았다. 호경이 제때 나타나지 않았다면 자신보다 먼저 구양연이나 장영조가 죽었을 것이다. 구양비는 호경의 부담을 덜어주기 위해 조금 더 적극적으로 공세에 나섰다.

구양비가 수비에서 공격으로 태세를 전환하자 열 기의 기마가 그대로 반원을 그리며 수풀을 크게 돌았다. 구양비는 전면이 텅 비어버리자 큰 소리로 호경을 불렀다.

"관주님! 이쪽으로!"

구양비의 외침에 호경 또한 구양비의 의도가 무엇인지 단번에 깨달았다. 호경은 그대로 구양비와 자리를 맞바꿨다. 남은 기마의 숫자는 이제 열다섯. 구양비가 다섯, 그리고 호경이 열이다.

호경은 단숨에 구양연과 장영조를 뛰어넘어 반원을 그리며 도는 기마의 옆구리를 목검으로 강타했다.

퍼어억!

화끈한 격타음과 함께 기마가 옆으로 넘어갈 듯 비틀거렸다.

"흐럇!"

호경은 기마의 신들린 듯한 움직임에 눈을 빛냈다.

기마가 목검에 격중당하기 전 발로 기마의 배를 차 옆으로 움직여 피해를 줄였다. 게다가 가까스로 기마가 쓰러지는 것을 방지하기까지 했다.

"한중에선 마풍방이 기마로는 최고라더니 틀린 말은 아니로군. 허나……."

호경은 말을 내뱉음과 동시에 재빨리 따라붙어 발을 차올렸다. 지근거리에서 차올린 각법에 이번엔 기마도 피하지 못했다.

히이이잉!

기마의 고통스러운 비명에 호경은 그대로 목검을 들어 기마의 목을 꿰뚫어 버렸다.

"한중에서 검정무관 또한 검으로 최고이니라."

한 기의 기마. 그것을 시작으로 상황은 순식간에 정리되기 시작했다.

기마만을 노리는 호경의 움직임에 기병들은 우왕좌왕했다. 장소가 수림인 것도 한몫했다. 기마의 운용이 자유롭지 않으니 상대적으로 체구가 작은 호경의 움직임이 더 신출귀몰하게 느껴질 수밖에 없었다.

"끝이다!"

히이잉!

기마의 구슬픈 비명이 산속에 갇혔다.

*　　　*　　　*

정련방의 부방주 표충이 허무하게 죽자 상황은 지금까지의 전투가 무색하게 너무 쉽게 수습됐다. 정련방의 무인들은 섭영이 죽었다는 말을 들은 순간부터 반항 한번 하지 않고 순순히 오라에 묶였다.

"대형, 이게 대체 어떻게 된 일입니까?"

"설명하자면 길다. 그보다 나머지는 어디에……?"

장욱의 물음에 이철경은 고개를 흔들었다. 자신도 어찌 된 영문인지 알지 못한다는 뜻이다. 그 의문에 대한 답은 초무량이 대신했다.

"신승은 수하 둘을 대동하고 따로 움직였네."

"둘이라 하면……."

"예, 장 대형과 문우가 맞을 겁니다. 헌데… 여기 계신 초 노사께 이야기를 들어보니 둘은 사주와 따로 움직인 것 같은데 행방이 묘연합니다."

"이쪽은……?"

장욱이 이철경에게 눈짓하자 이철경은 '아!' 하고 짧은 탄성을 내뱉더니 초무량에 대해 설명하기 시작했다.

"이분은 여민원주이신 초무량 노사라고 합니다. 뛰어난 의원임과 동시에 무공 또한……."

"그만 되었네."

초무량은 이철경의 설명을 중간에서 끊어버렸다. 지금은 낯 뜨거운 칭찬을 듣고 있을 만한 상황이 못 됐다.

"우선 소가주부터 구하는 것이 우선일세."

그 말에 장욱 또한 고개를 끄덕였다.

맞는 말이기 때문이다. 구양세가와 태영사가 지금 당장은 그리 긴밀한 관계가 아니었다. 그저 이해관계가 일치했기에 함께할 뿐이다.

'다만……'

걸리는 점은 구양연의 존재였다.

태영사에서 구양연의 이야기를 하는 법륜의 모습은 퍽이 나 낯선 것이었다. 어찌 될지 모르는 관계, 그리고 앞으로 더 발전할 수도 있는 관계. 그러자면 일단 살리는 것이 우선이었 다.

"일단 빠르게 움직이지요."

초무량을 위시한 두 사람은 구양세가의 무인들에게 주변 경계를 맡기고 빠르게 구릉을 타고 넘었다. 저 멀리 수림에서 연기가 피어오르는 것이 보였다.

"진입한다."

장욱은 이철경을 대동한 채 먼저 수림 안으로 발을 들였다.

수풀로 들어서자마자 기마의 구슬픈 울음소리가 울렸다.

히이잉!

"들었나?"

"들었습니다. 가시죠."

이철경이 흑철보검을 꺼내 진로를 방해하는 나뭇가지들을 베어냈다.

길이 뚫리자 장욱과 이철경은 거침없이 전진했다. 매캐한 연기가 갈수록 자욱해졌다. 불이 난 곳의 진원지에 가까워진 것 같았다.

"저쪽입니다."

이철경은 소매로 코와 입을 막은 채 장욱을 이끌었다. 장욱과 이철경이 도달한 곳은 이미 뿌연 연기로 가득했다.

"응?"

호경은 갑자기 연기를 뚫고 나타난 두 신형을 향해 목검을 겨눴다.

"누구냐?"

"호 노사?"

장욱이 이철경을 제치고 앞으로 나섰다. 호경이 답했다면 싸울 이유가 없었다.

장욱이 발 주변으로 진기를 밀어내 연기를 날려 버리자 장내가 한눈에 들어왔다.

"이건……."

이십여 마리의 기마가 땅에 쓰러진 채 두꺼운 목이 꿰뚫려 죽어 있었다.

"이쪽은 정리가 끝났다, 애송이. 그쪽은?"

"저쪽도 마무리되었소. 섭영 그놈을 죽인 것이 주효했소."

"끌끌, 방주령을 챙겼군."

호경은 장욱이 무슨 말을 하는지 단번에 알아챘다. 방주가 죽었다면 우두머리를 잃은 정련방이 굳이 목숨을 걸 필요가 없기 때문이다.

호경은 재가 묻은 수염을 쓸어내렸다.

"그럼 여기는 일단락이 된 모양이군. 소가주, 이제 어찌하겠소?"

"아무래도… 세가로 돌아가야 할 것 같습니다."

구양비는 결연한 눈으로 세 사람을 둘러봤다.

어차피 구양세가의 본진을 탈환하지 못하면 끝내는 지는 싸움이다. 그러니 굳이 이 자리나 백호방을 고수할 필요가 없었다.

"허나 그곳엔 그자가 있지 않겠습니까?"

이철경이 불안하다는 눈빛으로 조심스럽게 언급하자 호경이 동의하며 답했다.

"구양철 그 아이 말이로군. 확실히… 그 아이를 잡아낼 수 없다면 세가로 돌아가는 것은 무의미하지."

"맞습니다. 허나 이대로 시간만 끌어서야 답이 나오질 않습니다. 이미 너무 많은 목숨이 희생됐습니다."

"허나… 만약 구양철이 건재하다면 더 큰 희생을 부를 일이 아닌가?"

구양비는 호경의 물음에 잠시 망설이는 듯하더니 힘겹게 입을 열었다. 마치 자신이 할 수 없는 일에 열등감을 느끼는 듯한 모습이다.

"그것도 그렇습니다만… 그곳엔 신승이 가 있습니다. 그를 믿어봐야지요."

"음……."

구양비를 제외한 세 사람은 동시에 침음을 흘렸다. 구양비의 말이 전적으로 옳았다.

이미 너무 많은 목숨이 죽었다. 세가의 무인들은 차치하고서라도 마풍방이나 정련방 또한 돌이킬 수 없을 만큼의 피해를 입었다.

시간을 끌어봐야 상황이 변하지 않는다면 조금 더 주도적으로 움직이는 것이 좋았다.

'물론… 구양세가의 영화를 되찾는 데 앞으로 십 년, 아니, 이십 년이 걸릴지도 모르지만… 확실히 소가주의 말에 일리가 있다.'

이철경은 속으로 구양비의 의견에 동조했다. 하지만 주도적으로 상황을 이끌어간다는 것엔 회의적이었다.

한 손으로 열 손을 당해내기는 어려운 일이지만, 만약 그것이 가능하다면 그 한 손은 절대적이라는 의미를 갖는다. 그만큼 구양철의 무위는 무시무시했다.

"일단은 소가주의 말씀도 일리가 있소이다. 이대로는 끌려다니기만 할 뿐이오. 다른 방도를 찾아야 하오."

장욱마저 구양비의 의견에 동의하자 호경은 어쩔 수 없다는 듯 고개를 끄덕였다.

그 또한 나이를 먹을 만큼 먹은 무인. 생에 큰 미련은 없으니 구양철이라는 희대의 무인과 맞붙어보고 싶다는 생각마저 든 것이다.

"허나 그전에 한 가지 짚고 넘어가야 할 것이 있소이다."

상황을 가만히 지켜보던 초무량이 앞으로 나섰다. 네 사람의 시선이 집중됐다.

"우선… 정련방과 마풍방이 어째서 칼을 거꾸로 쥐었는지부터 확인해야 하오."

"반역의 이유라……. 뻔한 것 아니겠나? 한중은 구양선이 자리를 잡은 일 년 동안 개판이 되었어. 그에 대한 불만이라고 생각하는데."

호경의 반박에 초무량은 고개를 저었다. 그리 간단한 문제가 아니었다. 단순한 불만 때문이었다면 소가주인 구양비나 세가의 중진에 먼저 의견을 타진했을 것이다.

하지만 두 개의 방파는 그런 움직임 없이 마치 기다렸다는 듯 칼끝을 겨눴다.

"이상한 일입니다. 정련방과 마풍방은 한중에 오랜 시간 뿌리를 내린 집단이오. 그들이 구양세가의 저력을 몰랐을 리 없소. 내 생각엔……"

"제삼의 세력이 있다는 말씀이지요?"

구양비의 입에서 제삼의 세력이라는 말이 나오자 초무량은 진정으로 놀랐다는 듯 눈을 치켜떴다.

"역시… 짐작하고 계셨군요."

"아직은… 그저 짐작일 뿐입니다."

"혹여 짐작이 가는 곳이 있습니까?"

구양비는 초무량의 질문에 그저 고개를 가로저었다.

구양비는 미지의 세력을 떠올렸다. 도무지 속을 알 수 없는 자들이었다.

구양세가에 원하는 것이 있다면 이렇게 정련방과 마풍방을 쓰고 버리는 패로 사용할 리 없었다.

이 두 조직은 구양세가에서 꽤나 중요한 역할을 담당하고 있으니까.

"여하튼 속을 알 수 없는 자들임에는 분명합니다. 정련방과 마풍방은 결코 작지 않습니다. 그만큼 중심을 잘 잡고 있었다는 말이지요. 헌데… 지금껏 지켜온 도의(道義)마저 저버렸다는 것은……."

분위기가 사뭇 심각해지자 호경은 구양비의 말을 끊고 분위기를 전환했다.

"자자, 이곳에서 이럴 것이 아니라 일단은 움직이는 게 좋겠군. 무량, 자네가 이곳을 맡을 테지?"

"아무래도 그래야겠지."

초무량은 구양비의 눈을 보며 허락의 뜻을 구했다. 구양비는 초무량의 눈동자에서 자신에 대한 걱정과 확고한 믿음을 동시에 봤다.

어린 손자를 대하는 듯하면서도 한 집단의 소가주라는 사실과 구양비가 지금의 시국을 확실하게 해결할 수 있을 것이라는 강렬한 믿음이 전해졌다.

"그럼 부탁 좀 드리겠습니다, 조부님."

구양비는 초무량에게 뒤를 맡기기로 작정했다. 나쁜 선택은 아니었다.

아니, 되레 좋은 선택이나 다름없었다. 정련방과 마풍방을 상대하며 세가의 무인들이 상하기도 했으니 그들을 돌보기엔 의원인 초무량이 제격이었다.

게다가 아직 당도하지 않은 여민원의 의원들까지 합세한다면 포로로 잡은 정련방과 마풍방의 무인들의 감시 또한 가능했다.

"소가주, 보중하시오."

초무량은 포권을 취하며 구양비에게 예를 올렸다. 조손(祖孫)간의 관계보다 세가의 소가주와 그 속문의 문주로서 취해야 할 입장을 명백히 한 것이다.

"그럼……."

구양비는 고개를 끄덕이며 초무량을 향해 감사의 인사를 올렸다.

주변을 둘러보자 장욱과 이철경, 그리고 호경을 비롯해 구양연과 장영조가 굳은 눈빛으로 인사를 나누고 있었다.

'어찌 이 은혜를 다 갚을까.'

구양비는 평생을 다 써도 갚지 못할 은혜를 입은 것 같은 기분에 묘한 감흥을 느끼며 앞으로 나아갔다. 세가는 가까웠지만 또 멀었다.

'최대한 회복해야 해.'

혹시 모를 전투에 대비해 전력을 끌어올려야 했다.

한가하게 운공을 할 시간은 없으니 선택한 방법은 동공(動功)이다.

'얼마 도움이 되진 않을 테지만…….'

그래도 해야 했다. 오늘따라 소가주라는 이름이 더 무겁게 어깨를 짓눌렀다. 몰락한 왕자의 귀환이었다.

*   *   *

여대의는 눈알을 뒤룩 굴렸다. 시선을 어디에 두어야 할지 감이 잡히질 않았다.

여대의는 구양철이 금영방을 습격하고 불을 지르자 식솔들을 데리고 대피했다. 거기에 혹시 모를 습격을 방지하고자 금영방의 안가(安家)에 식솔들을 몰아넣고 홀로 안가를 떠나온 참이다.

"그런데……."

눈앞엔 믿지 못할 광경이 펼쳐져 있었다.

소가주가 있을 거라 예상한 백호방엔 참혹한 주검이 즐비했고, 그 주변을 수백의 관병들이 시퍼런 창을 들고 경계하고 있었다.

'실책이다. 샛길만을 통해 이동한 터라 주변을 전혀 둘러보지 못했구나.'

백호방이 이 정도로 망가졌다는 것을 알았다면 애초에 이곳으로 오지도 않았을 것이다.

여대의는 백호방의 담장을 옆에 두고 작금의 상황에 대해 아무것도 모르는 민초들 틈에 섞여 추이를 지켜봤다.

"거기 너!"

여대의가 연신 눈알을 굴리는 것을 보았는지 살집이 두툼한 관병 하나가 정확하게 여대의를 지목했다.

여대의는 관병이 자신을 정확하게 손가락으로 가리키자 화들짝 놀랐다.

"에… 예?"

"왜 눈알을 자꾸 굴리느냐? 여기서 벌어진 참사에 아는 바가 있으렷다!"

살집이 두툼한 관병은 주변 사람들을 물리고 여대의의 앞으로 접근했다.

"어디 보자. 어디서 보았더라."

"어… 그것이… 사람을 잘못……."

여대의는 황급히 변명거리를 만들어내려고 했지만 살찐 관병이 한발 빨랐다.

"아! 금영방! 금영방의 방주 아니시오?"

주변의 웅성거림이 점차 커지기 시작했다. 금영방이라 하면 한중 일대에서 거부로 소문난 곳이다. 게다가 구양세가의 비호를 받고 있으니 평범한 민초들은 여대의의 얼굴조차 쉽게 볼 수 없었으니 알아보지 못하는 것이 당연했다.

한데 살찐 관병은 여대의를 정확하게 짚어냈다.

'아니, 이놈은 대체 누구길래 나를……'

"여봐라! 금영방의 방주께서 직접 행차하셨으니 길을 비켜라! 현령님을 뵈어야겠다!"

살찐 관병이 길을 헤치고 크게 소리치며 나아가자 여대의는 울며 겨자 먹기로 관병을 따라 이동했다.

순식간에 빼도 박도 못하고 관아로 압송되게 생겼다. 사람들이 주변에서 점차 멀어지자 여대의는 오해는 풀어야겠다는 생각으로 살찐 관병을 향해 말을 붙였다.

"아니, 뭔가 오해가 있는 듯한데."

"알고 있소. 그러니 너무 걱정 마시오, 여 방주."

순식간에 달라진 살찐 관병의 태도에 여대의는 어안이 벙벙했다.

관병은 여대의를 이끌고 관아가 아닌, 커다란 주루로 들어갔다. 주루의 현판엔 '호담정'이라고 적혀 있었다. 여대의도 술과 음식, 풍류를 즐기러 즐겨 찾던 곳이다.

"어째서 이곳에……."

여대의가 의문을 풀 겨를도 없이 살찐 관병은 손에 들고 있던 창을 점소이에게 맡기고 상층으로 올라갔다.

한 층을 오를 때마다 가격이 기하급수적으로 불어나는 곳. 호담정 최상층은 거부인 여대의도 자주 이용하지 않던 곳이다.

'헌데 저긴 최상층인데…….'

여대의가 막 계단을 밟고 최상층으로 들어서자 걸걸하지만 위엄 있는 목소리가 그를 반겼다.

"늦었군."

"늦었지요."

살찐 관병이 입고 있던 관복을 바닥 한구석에 벗어 던졌다. 관복을 벗자 그 안에서 화려한 비단옷이 모습을 드러냈다.

'어찌 관병이……'

관병의 모습은 자연스러웠다.

관병이 받는 월봉으로는 어림도 없는 주루에 발을 들이면서도 밥줄이나 다름없는 창을 아무렇지도 않게 점소이에게 건네는 것도, 관복을 벗어 던지며 비단옷을 걸친 것마저도 모두 자연스러웠다.

'평범한 관병이 아니로군.'

걸걸한 목소리의 주인은 여대의의 어리둥절한 표정을 보며 혀를 찼다.

그 짧은 탄식에 여대의에 대한 평가가 굉장히 신랄했음이 분명하게 드러났다.

두 사람은 여대의를 두고 속닥거리기 시작했다.

"이해가 밝다 들었는데 주변을 살피는 눈은 좀 더 길러야겠군."

"여 방주는 상인입니다. 지금과 같은 상황이 분명 익숙하지 않겠지요. 그에게도 좋은 경험이 될 겁니다."

"장 향주, 정말 그렇게 생각하나? 나는 회의적이야. 차라리 조 위사에게 맡기는 것은 어떠한가? 그 마인 놈 때문에 이를 갈고 있던데."

"조 위사는 바쁩니다. 이번 일이 아무리 마음에 들지 않으신다고 해도 어쩔 수 없음을 잘 아시지 않습니까?"

"그건 그렇지만……."

"여 방주를 믿으십시오. 그는 한중에서 인망이 두터운 사람입니다. 게다가 신의 또한 있는 인물이지요."

"신의라……."

여대의는 두 사람이 나누는 기묘한 대화를 들으며 이상한 감정에 사로잡혔다.

그가 느낀 감정은 바로 노기(怒氣)였다. 사람을 눈앞에 두고 평가하면서 평가받는 사람은 안중에도 없는 태도에 얼굴이 붉어지기 시작했다.

게다가 애초에 속닥거릴 거면 왜 이렇게 크게 말한단 말인가. 마치 자신이 들으라고 하는 말 같았다.

"잠깐. 내 두 사람이 무얼 하시는 분인지는 모르겠소이다. 허나 이처럼 이유를 불문하고 끌고 와 이 사람에 대한 평가를 한다? 이런 무례가 어디에 있소이까?"

그제야 두 사람은 속닥이는 것을 멈추고 여대의를 직시했다. 여대의는 두 사람의 태도가 일거에 변하자 움찔하면서도 성난 눈초리를 거두지 않았다.

"이제야 좀 마음에 드는군."

걸걸한 목소리의 노인은 그제야 여대의의 태도가 마음에 든다는 듯 고개를 끄덕였다.

관병의 복장을 하고 있던 살찐 남자 또한 그것 보라는 듯 걸걸한 음성의 노인을 향해 눈을 빛냈다.

두 사람의 태도가 변하자 또다시 당황한 것은 여대의였다.

'헌데… 마인? 위사?'

여대의는 두 사람이 평범함과는 거리가 멀다는 것을 그 두 단어로 확실하게 인지했다.

"이제야 눈치를 챘나?"

걸걸한 음성의 노인은 여대의를 바라보며 허리춤에 묶인 밧줄을 꺼내 들었다.

밧줄은 은은한 금빛으로 빛나고 있었다.

"황금색… 밧줄……. 황금포쾌? 황금포쾌 마운철?"

걸걸한 음성의 노인은 여대의의 말에 고개를 끄덕였다. 그 말에 동의한다는 뜻이다.

"맞다. 내가 황금포쾌 마운철이다."

"장소평이라고 합니다. 미력하나마 마 대인의 일을 돕고 있습니다."

"황금포쾌께서 어찌……."

여대의의 의문은 당연한 것이었다.

장소평이라는 자는 모르겠으나, 황금포쾌 마운철은 황실의 주요 인사다. 당금의 황제가 무림에 갖는 뜻을 가장 가까이에서 수행하는 존재.

황금포쾌 마운철이 이곳 한중에 있다는 말은 황제의 시선이 현재 한중에 머물러 있다고 봐도 좋았다.

"자세한 이야기는 여기 장 향주가 해줄 걸세."

마운철은 장소평에게 시선을 던졌다.

장소평은 마운철의 시선을 받자마자 품에서 한 장의 지도를 꺼내 들었다.

"일단 우리가 왜 이곳에 있는지부터 설명을 드리는 것이 순서겠지요."

"그렇소."

그 말에 여대의가 진심으로 궁금하다는 표정으로 동의하자 장소평은 지도를 펼쳐 탁자 위에 깔았다. 산의 능선부터 시작해 민가의 위치까지 상세하게 기록된 지도였다. 군사용으로 제작된 것이 분명해 보였다.

"여기가 한중입니다."

장소평은 지도의 한 지점을 손으로 가리키며 이야기를 시작했다.

"시작은 구양선이라는 마인이 세상에 나타나면서부터입니다."

장소평은 담담하게 지나간 일들에 대한 설명을 늘어놨다.

마인 구양선이 저지른 살겁부터 시작해 그가 황실의 호송단을 뚫고 도주한 상황, 그리고 그런 그를 붙잡기 위해 한중으로 파견된 마운철과 자신의 처지까지.

"그런……"

여대의는 장소평의 말을 들으면서 자신이 한 가지 착각을 하고 있다는 것을 깨달았다.

구양세가는 속문들의 배신과 구양선의 패악으로 인해 무너진 것이 아니었다.

"이제야 모든 상황이 일목요연하게 보이는군."

"그렇소? 어떻게 보시오?"

"분란의 씨앗을… 제 스스로 뿌렸소이다. 어떤 꼴을 당해도 그리 이상한 모양새는 아니구려."

처음부터 구양선을 받아들였다면 이토록 엇나가지는 않았을 것이라는 생각이 들었다. 그렇다면 이런 사달도, 참사도 없었으리라.

"맞소이다."

여대의는 침중한 어조로 장소평을 바라봤다.

"그래서… 우리를 위해 여 방주가 해줘야 할 일이 하나 있소. 여 방주에게도 그리 나쁜 제안은 아닐 것이오. 어떻소? 들어보시겠소?"

"제안이라……. 상인은 제안을 들어보지도 않고 거절하지는 않지요. 일단 들어봅시다."

그 말에 장소평은 마운철을 향해 고갯짓을 한 번 한 뒤 괜찮으냐는 듯 허락을 구했다.

마운철이 고개를 끄덕이자 장소평이 여대의를 향해 입을 열었다.

"구양세가의 소가주. 우리는 그가 살아 있음을 알고 있소. 그를 죽여야겠소. 해주실 수 있겠소?"

"소가주를 죽여달라? 지금 나와 장난하겠다는 거요?"

장소평의 제안에 여대의는 불같이 노했다.

장소평은 그런 여대의의 격정적인 반응에 조금도 놀라지 않은 눈치였다.

오히려 그 반응을 기대하기라도 했다는 듯 흡족한 미소를 지었다.

"역시."

마운철 역시 그럴 줄 알았다는 듯 고개를 끄덕였다. 여대의는 불같은 분노에도 두 사람이 이상한 반응을 보이자 그 사실을 놓치지 않았다.

여대의가 자리에서 벌떡 일어나자 장소평은 차분하게 여대의를 향해 자리에 앉을 것을 권했다.

"지금 뭐 하자는 겁니까? 더 들을 필요도 없겠군. 사람을 뭐로 보고."

"아아, 흥분을 좀 가라앉히시지요. 그저 확신이 필요했을 뿐입니다."

"확신?"

"아까 이야기를 드리지 않았소이까? 구양선은 황실에서도 예의 주시하는 중죄인이라고."

"그것이 소가주의 죽음과 무슨 연관이 있단 말이오?"

장소평은 목을 가다듬고 차분한 목소리로 말을 이었다.

"황실은 소가주의 죽음을 바라지 않소. 우리 또한 마찬가지이고. 오히려 이 사태가 빠르게 수습되길 원하오. 구양선 그 마인의 목을 베어서 말이오."

차분한 장소평의 신색에 여대의는 주춤했다.

"그렇다면 어째서 내게 그런 제안을 했소?"

이번에는 장소평 대신 마운철이 끼어들었다.

"말 그대로 확신이 필요했을 뿐 다른 의도는 없다. 구양세가의 수족이나 다름없는 자들이 어떤 생각을 하고 있는지 말이야. 그 주변에 구양선과 비슷한 놈들만 득실거리면 아주 곤란하거든. 그리고 당신의 대답은 아주 흡족했다."

"그 말은… 황실의 목표가 아주 확고하다는 말로 들리는데?"

여대의는 마운철을 향해 확인을 거듭했다. 마운철은 그런 여대의의 태도에 화를 내기보단 미소를 지으며 그 의심을 뿌리째 종식시켰다.

"좋소, 그렇다고 칩시다. 그럼 두 분은 왜 여기에 있소?"

뼈 있는 질문이다.

황실의 목적이 구양선의 참살이라면 쥐도 새도 모르게 죽이면 그만 아닌가? 어느 정도 희생을 감수한다면 분명히 가능한 일이다.

이렇게 황실의 주요 인사가 자신을 불러내 이야기를 꺼낼 이유 자체가 없었다. 이면에 또 다른 이유가 없으리란 법이 없는 것이다.

"당금의 황실은… 피를 너무 많이 흘렸네. 강호를 너무 우습게 본 탓이지. 그게 우리가 여기에 있는 이유일세."

황상은 스스로 황자에 오르며 너무 많은 이를 숙청했다.

숙청당한 이들 중엔 문신(文臣)도 많았지만 병권을 틀어쥔 무관(武官)과 아무것도 모르는 민초도 많았다.

그 결과가 십대마존이다.

제 수족처럼 부리던 자들이 전부 주인의 곁을 떠나 천하 각지에서 세력을 일으켜 혼란을 거듭하니 황실은 언제나 좌불안석이었다.

언제 칼끝을 들이밀지 모르기 때문이다.

그래서이다. 황금포쾌 마운철이 은퇴할 시기가 한참 지났음에도 이리 강호를 떠도는 것은.

"황실의 존폐가 걸린 문제지. 명은 건국된 지 얼마 되지 않았어. 강호의 도적이 황실로 침입해 황상을 암살하기라도 해보게. 이 세상이 어찌 되겠나?"

마운철이 찻잔을 들어 목을 축이자 옆에서 가만히 듣고 있던 장소평이 첨언했다.

"그래서… 또 다른 혼란을 피하고 싶다는 것이 이쪽의 입장입니다. 각지에서 벌어진 혼란을 빠르게 수습하고 싶기도 하고요."

"음……."

여대의는 마운철과 장소평의 말이 무엇을 뜻하는지 정확하게 이해했다. 하지만 자신이 무슨 힘이 있다고 이런 제안을 한단 말인가.

"말뜻은 잘 알았소. 피를 더 흘리고 싶지 않다. 다만 여전히 해결되지 않은 의문이 하나 있소이다."

"말씀하시지요."

"나는 아무런 힘이 없소이다. 이런 내가 해줄 수 있는 일이 뭐가 있겠소?"

이제야 본론이다. 마운철은 장소평과 눈빛을 주고받은 뒤 조심스럽게 이야기를 꺼내기 시작했다.

*　　　*　　　*

여대의가 호담정을 나왔을 땐 이미 해가 어둑해진 뒤였다.
마운철이 내준 말을 타고 움직이자 이미 언질을 받았는지 순
찰을 돌던 관병들도 모른 척 지나갔다.

'참으로 어렵군.'

마운철은 선택지를 줬다. 하나 그 선택지가 참으로 난해하
기 그지없었다. 황실의 제안은 간략했다.

금영방의 성장.

오직 그것뿐이었다면 여대의가 고민할 걱정거리는 없었을
지도 모른다.

하지만 황실은 여기에 한 가지 조건을 덧붙였다.

"섬서의 소금을 유통할 권리를 주겠소. 알다시피 청해에서 들
어오는 소금의 양은 막대하지. 이것을 이용한다면 금영방은 급
성장할 수 있을 거요. 이를 기반으로 세력을 확장하시오. 그것으
로… 우리의 눈과 귀가 되어줘야겠소."

평상시라면 더할 나위 없는 제안이다. 소금 장사는 막대한
이문을 남기는 장사다. 고래로 소금으로 폭리를 취하는 것을

면하기 위해 국가가 그 기능을 담당하지 않았던가.

"그런데 소금 유통권이라……."

황실의 의도가 훤히 보였다. 단순히 눈과 귀가 필요했다면 그저 금력을 쏟으면 그만이다.

황실의 속내는 다른 곳에 있었다.

"구파는 견제하지 않는다."

황실의 목표는 팔대세가였다.

평소 황실의 행사에 고분고분하며 속세에 별다른 야망이 없는 구파는 통제의 대상이 아니었다.

반면 팔대세가는 세력을 넓히고 이문을 취하기에 여념이 없었다.

"허, 세가에 간자를 심어놓고 견제하겠다는 말과 다름없지 않은가."

하지만 여대의는 알고 있었다. 자신이 그 제안을 받아들이리라는 것을.

상인을 천직으로 생각하는 사람에게 이보다 달콤한 제안이 있을까.

여대의는 흔들리는 말 위에서 신음을 흘리며 깊은 생각에 빠져들었다. 머리가 복잡하게 돌아갔다.

*　　　　*　　　　*

법륜은 구양선을 사정없이 몰아쳤다. 인정사정 봐주지 않는 법륜의 공세에 구양선은 속절없이 뒤로 몰렸다.

'젠장!'

조부 구양백의 내력을 취하고 자신감을 얻은 것이 불과 반시진 전이다. 그 자신감은 전투가 시작되고 일각이 지나기 전에 산산이 부서졌다.

'이렇게 되면……'

방법은 하나뿐이다.

생각하기도 싫었지만 살고자 한다면 방법은 남은 한 가지뿐이었다. 그리고 그 기회도 한 번뿐이라는 사실을 구양선은 잘 알았다.

그러자면 최고의 시점을 찾아야 한다. 구양선은 기회를 노리며 구환신마벽을 일으켜 방어를 단단히 했다.

'허튼 생각을 하는군.'

법륜은 구양선의 몸 주변으로 솟아나는 마기의 방벽을 철탑신추를 이용해 깨부쉈다. 마벽이 순식간에 다시 일어서 구양선의 전신을 보호했다.

'단번에 깨뜨린다.'

소모전의 반복은 사양이다.

법륜은 사멸각을 차올리며 구양선을 뒤로 밀어냈다. 그와 동시에 몸을 뒤로 밀어 거리를 벌렸다. 손에 어리는 나선의 탄환. 천장나선탄이 손바닥에 실려 폭발했다.

구양선은 법륜이 동작이 큰 초식을 전개하려 하자 순식간에 마벽을 꺼뜨렸다.

'지금!'

활로는 방어가 아니라 공격이다. 손에 쥔 열화검이 상단에서 하단으로 크게 휘둘러졌다.

거칠게 회전하는 천장나선탄을 전력을 다한 검으로 베어냈다.

'아니, 비켜낸다.'

공세에 실린 진기가 너무 강력했다.

구양선이 법륜의 공세를 비켜내자 법륜은 그 틈을 노리고 다시 접근했다.

구양선은 법륜의 접근에도 되레 가슴을 내밀며 어서 쳐보라는 듯 법륜의 신경을 자극했다. 법륜의 장심이 구양선의 가슴에 닿았다.

"죽어라."

파아앙!

황금빛 진기가 무시무시하게 빠른 속도로 구양선의 가슴을 타고 흘렀다.

"……?!"

한데 손에 닿는 느낌이 사뭇 달랐다.

진기를 가득 실어 때렸는데 평상시의 타격감과 달랐다. 마치 강물에 물 한 바가지를 붓는 것처럼 진기가 갈피를 잡지 못하고 흔들렸다.

'아니야. 끌어들이고 있어.'

진기가 흔들리는 것이 아니었다.

구양선은 진기를 빨아들이고 있었다. 목내이가 된 구양백이 뇌리에 스쳐 지나갔다. 법륜은 재빨리 구양선의 몸에서 손을 떼며 공세를 전환했다. 천공고의 수법으로 강하게 밀어 쳤다.

터엉!

동시에 뒤로 물러선 법륜은 인상을 잔뜩 찌푸렸다. 아니나 다를까. 금강령주가 거칠게 흔들렸다.

찰나의 순간에 뿜어낸 진기를 구양선이 먹어치운 것이다.

"이런 기분이었군."

구양선은 한껏 고조된 음성으로 자신의 몸을 내려다봤다. 황금색 진기가 몸 곳곳에서 파직거리며 튀어올랐다.

"확실히… 잡아먹기엔 좀 힘들겠어."

구양선은 금기를 팔로 몰더니 땅에 휙 털어냈다.

파스스스!

금빛의 안개가 땅을 한차례 빙글 돌더니 흩어져 버렸다.

법륜은 그 모습을 보며 확신할 수 있었다. 구양선은 상대방의 진기를 먹어치운다.

자신이 붙인 흡정마공이라는 이름처럼 상대방의 중심인 정(精)을 빨아들인다.

"다시 한번 해보자."

법륜이 한 걸음 앞으로 나섰다. 생각한 것보다 시간이 더 걸릴 것 같았다.

한편, 다시 길을 떠난 구양비 일행은 두 갈래로 흩어졌다. 구양비와 장욱, 그리고 이철경이 한 갈래로, 그리고 호경과 장영조가 한 갈래로 나뉘었다.

구양비는 일행이 갈라지기 전 호경과 장영조를 향해 당부했다.

"장 당주, 일단은 이번 일의 수습에만 집중해 주시오."

과거의 책임은 잠시 덮어두라는 뜻이다.

이미 이번 일이 끝나면 장욱에게 목숨을 주기로 했기에 장영조는 별 미련 없이 고개를 끄덕였다. 안 그래도 그럴 생각이었던 탓이다.

"호 노사, 장 당주를 잘 부탁합니다. 아직 정련방과 마풍방에 적의 잔당이 남아 있을지 모릅니다."

"맡겨주게."

호경은 가슴을 두드리며 자신만 믿으라는 듯 구양비를 안심시켰다.

'그것이 반 시진 전이니 지금쯤이면 당도했겠구나.'

"무슨 생각을 그리하시오?"

장욱이 심각한 표정의 구양비를 향해 묻자 구양비는 멋쩍은 듯 미소를 지어 보였다. 구양비는 장욱이 어려웠다. 수하로 부리는 장영조가 장욱에게 큰 빚이 있으니 담백하게 대하기 부담스러웠다.

"아까 갈라진 일행에 대해 생각하고 있었습니다. 헌데……."

구양비의 눈을 본 장욱은 그가 무슨 말을 할지 감이 왔다. 필시 장영조의 처우에 관한 일이리라. 장욱은 잠시 고민하더니 구양비를 똑바로 보며 말했다.

"그리 부담스러워하지 않아도 되오. 지고당주… 그자에 대한 원한을 잊은 것은 아니지만… 그렇다고 해서 굳이 그를 죽일 생각 또한 없으니."

"그게 정말입니까?"

구양비가 반색하며 말하자 되레 장욱이 더 머쓱한 표정을 지어 보였다.

그의 말은 전적으로 진심이었다. 먼저 간 백호방의 식솔들에겐 미안하지만 장영조를 죽인다고 해서 죽은 자들이 살아 돌아오는 것은 아니었다.

'그렇다면…….'

그 재주를 힘없는 이들을 위해 써주었으면 했다.

"진담이니 그리 볼 것 없소. 다만 누가 보아도 그가 다시 패악을 부리는 것처럼 보인다면… 그때는 망설임 없이 그의 목숨을 가져가겠소. 소가주가 옆에서 잘 지켜보시오."

구양비가 연신 고개를 끄덕이자 장욱은 헛기침을 하며 앞서 나갔다. 거대 세가의 소가주라기엔 순진한 면이 있었다. 장욱이 앞서 나갈 때, 이철경이 잔뜩 놀란 목소리로 허공을 가리켰다.

"대형, 저길 보십시오!"

이철경이 가리킨 손끝엔 황금빛 서기와 검붉은 마기가 한데 어우러지고 있었다.

"구양선……!"

구양비의 입에서 한 사람의 이름이 나오자 세 사람은 누가 먼저랄 것도 없이 동시에 땅을 박차고 뛰어나갔다. 구양세가가 지척이었다.

제삼십육장(第三十六章)

동맹(同盟)

세 사람은 동시에 담장을 타고 넘었다.

법륜과 구양선이 금기와 마기를 부딪치며 접전을 펼치고 있었다.

법륜은 세 사람이 장내에 들어서자 단번에 그 사실을 알아차렸다.

"장욱, 철경, 뒤로! 소가주는 도주로를 막아주시오!"

장욱과 이철경이 법륜의 부름에 화답했다.

세 사람은 품(品) 자 대형으로 나란히 섰다..법륜이 앞을, 장욱과 이철경이 뒤를 받쳤다. 법륜은 뒤에 선 장욱, 이철경과 눈빛을 교환했다. 법륜이 먼저 쏘아져 나갔다.

어깨에 금기를 잔뜩 뭉쳐 천공고로 부딪쳤다.

그와 동시에 장욱과 이철경이 연달아 주먹과 검을 찔러 넣었다.

쾅!

부웅!

쉬익!

세 가지 소리가 한꺼번에 얽혔다. 구양선은 세 사람의 빈틈 없는 공세에 혀를 차며 거리를 벌리고 뒤로 물러섰다.

"이런, 천하의 신승이 연수합격이라? 세간의 비웃음거리로군."

구양선이 법륜의 합격을 비웃자 이철경의 검이 끼어들었다. 구양선이 검을 들어 받아내자 이철경은 그럴 줄 알았다는 듯 양손으로 검을 쥔 채 힘껏 내리눌렀다.

구양선의 손이 묶인 틈을 타 법륜이 구양선의 하반신을 노리고 발로 지면을 쓸었다.

진기의 파도가 다리로 몰려들자 구양선은 더 이상은 무리라는 듯 몸을 허공에 띄워 피해낸 뒤 검을 빼 전면을 향해 여러 차례 휘둘렀다.

날카로운 검기가 지면에 붙을 듯 주저앉은 법륜의 머리를 노리고 날아갔다.

"어딜!"

장욱은 권력을 쳐내며 구양선의 공세를 무력화시켰다. 동시에 장욱이 한 발 더 앞으로 다가서자 구양선은 기다렸다는 듯 지면으로 내려와 장욱의 면전으로 돌진했다.

"안 돼! 물러서라, 장욱!"

법륜의 경호성에도 장욱은 망설임 없이 구양선의 공격에 맞섰다.

구양선은 검을 휘두를 듯한 동작을 취했다가 장욱이 손을 뻗어오자 순식간에 검을 회수하고 손바닥을 펼쳐 장욱의 주먹을 움켜쥐었다.

츠츠츠츠!

장욱의 안색이 순식간에 창백해졌다.

법륜은 장욱의 얼굴을 보지 않아도 무슨 상황이 벌어졌는지 짐작했다. 법륜은 한 치의 망설임도 없이 두 사람의 틈으로 비집고 들어갔다.

반듯하게 펼쳐진 수도가 구양선의 팔 위로 떨어졌다.

"어딜!"

구양선은 장욱의 주먹을 붙잡은 채로 정확하게 법륜의 손목을 노리고 왼발을 차올렸다.

터엉!

수도가 튕겨 나가자 법륜은 몸을 한 바퀴 회전시켜 그대로 어깨를 부딪쳐 구양선의 몸을 밀어냈다. 천공고에는 버틸 수 없었는지 구양선은 장욱의 손을 놓고 법륜이 밀어내는 힘을 이용해 뒤로 물러섰다.

"이쪽도 제법이군."

구양선은 혀를 날름거리며 장욱을 쳐다봤다. 짧은 시간 빨아들인 내력이지만 수준이 제법이었다.

장욱은 창백한 안색으로 구양선을 노려보다 다리에 힘이 풀렸는지 땅에 주저앉아 버렸다.

"이게 대체……."

"흡정마공. 상대방의 진기를 먹어치워 자신의 것으로 만든다. 그 원리가 무엇인지는 알 수 없고."

구양선은 흡정마공이라는 말에 눈을 번뜩였다. 그런 이름의 무공을 처음 들어본 까닭이다.

"흡정마공? 이 무공을 알고 있나? 나는… 나만 가능한 줄 알았는데?"

"물론 처음 들어보겠지. 그 이름은 내가 붙였으니까."

구양선은 법륜의 말에 광소를 터뜨렸다.

법륜이 모르는 무공, 그리고 자신만의 무공. 구양선은 이 두 가지 사실에 기분이 고조됐다.

"이제야… 이제야 어느 정도 따라잡은 것 같군."

구양선은 두 팔을 벌리고 공기를 한껏 빨아들였다. 먹어치운 진기가 순식간에 기존의 남환신마공에 흡수돼 기력이 넘쳐흘렀다.

'이대로는 답이 없겠군.'

법륜은 다시 기세가 올라간 구양선을 노려봤다. 이대로는 답이 없었다.

자신이 보호하면 일행이 죽지야 않겠지만 상당한 심력을 소모할 판이다.

'게다가 점점 익숙해지고 있어.'

구양선이 자신의 진기를 먹어치웠을 땐 합일을 위해 조금의 시간이 필요했다. 하지만 장욱의 진기를 빨아들인 지금은 달랐다.

두세 호흡에 자신의 것으로 만든다. 진기가 불어날수록, 그리고 그 진기의 사용에 익숙해질수록 구양선의 몸놀림은 점점 더 좋아졌다.

"장욱, 철경, 둘은 물러나는 것이 좋겠다."

법륜은 품 자 형태로 뒤에 선 두 사람을 뒤로 물리기로 작정했다.

아무리 합을 잘 맞춘 연수합격이라고 해도 두 사람의 경지로는 지금의 구양선을 당해낼 수 없었다. 오히려 힘만 실어주는 꼴이 될 것이 분명했다.

"하지만……."

이철경이 망설이자 법륜은 단호한 어조로 두 사람을 몰아 세웠다.

"저놈에게 힘만 실어주는 꼴이다. 차라리 소가주와 함께 나머지 방위를 막아라. 저놈이 도주하려 해도 잠깐의 시간은 끌 수 있을 터. 그것이면 족하다."

법륜의 말에 두 사람은 뒤로 물러나 법륜이 맡은 방위를 제외한 두 곳의 도주로를 가로막았다. 구양비를 포함해 사방을 점한 형태였다.

법륜은 두 사람이 자리 잡은 것을 보며 구양선의 앞으로 나섰다.

"좋아, 인정하지. 지금의 너는 가치가 있구나."

"가치?"

"죽일 가치. 네놈을 죽이고 언젠가 한 번쯤은 그런 놈이 있었지 할 법한 가치 말이다."

그 말에 구양선의 안색이 눈에 띄게 일그러졌다.

지금까지는 죽일 가치도 없는 놈이라 생각했단 뜻이다. 눈앞에 날아다니는 귀찮지만 아무런 해악을 끼칠 수 없는 하루살이처럼 여겼다는 말과 동일했다.

"화를 돋우려는 생각이었다면⋯ 확실히 성공적이었다만 내가 겨우 이 정도로 앞뒤 안 가리고 달려들 줄 알았나?"

"아니, 그 정도 잔챙이는 아니었으니까. 그래서 제안을 하나

하마."

"제안?"

구양선은 법륜의 제안이라는 말에 눈을 빛냈다. 그 또한 여실히 느끼는 바가 있었다.

시간을 끌면 지금보다 더 많은 사람들이 주변을 포위한 채 자신을 노릴 것이 분명하다는 사실을.

내력이야 빼앗아 채우면 된다지만 체력은 그렇게 채울 수 없었다.

상대해야 할 숫자가 열 명이 넘어가고 백 명이 넘어가면 결국 자신은 뼈를 묻어야 한다.

그런 순간에 듣게 된 제안이란 독이 들었음을 알면서도 마실 수밖에 없는 달콤한 술과 같다.

"흡정마공에 꽤나 자신이 있어 보이는데, 맞나?"

"물론."

"그렇다면 먹어봐라."

법륜은 손을 올려 장심이 구양선을 향하도록 들었다. 그러자 장욱과 이철경의 입에서 큰 소리가 터져 나왔다.

"사주, 안 됩니다!"

"너무 위험합니다!"

두 사람의 만류에도 법륜은 상관없다는 듯 눈빛으로 구양선을 독촉했다.

구양선은 법륜의 행동에 의심의 눈초리를 지울 수 없었다.

너무 뜬금없는 제안인 탓이다. 하나 거절하기에는 과실이 너무 탐스러웠다.

'저놈의 금빛 기운은… 분명 상극이지만 먹어치우기만 한다면……'

강적이라고 여긴 구양철마저도 발아래로 볼 수 있다는 확신이 들었다. 더불어 법륜까지도.

"네놈이 그렇게 말해놓고 다시 공격하지 않는다는 보장이 어디에 있지? 또 네놈의 수하들이 무슨 짓을 할지도 모르는데?"

"나는 허언을 하지 않아. 그리고 저들은 내 명이라면 반드시 따른다. 보장하지."

"그 말을 어떻게 믿느냐는 말이다."

법륜은 구양선의 의심에 피식거렸다.

"어차피 너는 피할 수 있잖아? 뭘 그리 의심하지? 정 의심스럽다면 네가 원하는 대로 해줄 수도 있다. 장욱, 철경, 무슨 일이 있더라도 절대 나서지 마라. 명을 어긴다면 두 번 다시 보지 않겠다."

법륜이 명을 내리자 구양선은 천천히 법륜의 곁으로 다가섰다.

일 장 거리를 두고 마주 선 두 사람은 처음으로 서로의 얼굴을 뜯어보기 시작했다.

　법륜의 무표정한 얼굴을 뜯어보던 구양선이 한 손에 검을 쥔 채 물었다.

　"남아일언은?"

　"중천금."

　"좋아, 그 믿지 못할 제안, 한 번쯤 속아주지."

　구양선이 법륜의 손을 맞잡았다.

　맞잡은 손에서 황금빛 진기와 검붉은 마기가 어우러지기 시작했다. 한참 동안 밀고 당기기가 계속됐다.

　구양선의 남환신마공이 법륜의 몸에 들어왔다가 다시 금강령주의 진기에 밀려 구양선의 내부로 들어가기를 몇 차례 반복했다.

　금기가 깊숙이 침투하자 구양선의 남환신마공이 신이 난 듯 움직이기 시작했다.

　'좋아.'

　구양선은 손을 맞잡은 상태에서 느껴지는 희열에 몸을 부르르 떨었다.

　반대로 법륜의 표정은 무표정하기 그지없었다. 마치 할 수 있다면 얼마든지 더 해보라는 듯 무심한 눈으로 구양선을 재촉했다.

　'모조리 먹어치워 주마.'

구양선의 눈빛이 번뜩였다.

금빛 진기가 조금씩 녹아들자 자신감이 붙은 구양선은 법
륜의 내기를 있는 힘껏 빨아들였다. 갓 태어난 아이가 어미의
젖을 먹어치우듯 게걸스러웠다.

'지금은 즐거울 거다.'

법륜은 무한정 내력을 빨아들이는 구양선을 한심한 눈으
로 바라봤다. 법륜은 믿는 바가 있었다.

첫째는 상극의 진기였다. 아까 전 구양선이 법륜의 내기를
빨아들였을 때, 분명 구양선의 마기는 금강령주의 진기에 거
부 반응을 보였다.

'그런 상황에서 상극인 진기를 마음껏 주입할 수 있다면?'

구양선의 마기는 분명 제 탐욕을 이기지 못하고 날뛸 것이
분명했다. 그 상황에서 얼마나 버틸지는 두고 볼 일이다.

두 번째는 법륜이 지닌 금강령주의 진기에 있었다. 금강령
주는 한시도 가만히 있질 못한다. 내력이 부족하다는 판단이
서면 망설임 없이 회전하며 진기를 생산해 낸다.

게다가 천지교통을 이루며 내력의 수급에 제한이 없어진
법륜으로선 구양선이 흡정마공을 통해 진기를 흡수해도 충분
히 버틸 여력이 있었다.

'그리고 결국엔 네 탐욕이 스스로를 무너뜨릴 것이다.'

법륜은 금강령주의 수문을 개방해 모조리 구양선의 내부

로 밀어 넣었다.

동시에 백회와 용천이 열리며 새로운 자연지기를 금강령주에 공급했다.

"알고 있나?"

갑작스러운 법륜의 물음에 희열에 젖어 있던 구양선이 눈을 치켜떴다.

내력이 움직이는 와중에 아무렇지도 않게 입을 연 것에 놀란 눈치였다.

"작은 종지에 바닷물을 전부 담을 수는 없다는 것을."

법륜이 다시 한차례 진기를 불어 넣자 금세 구양선의 표정에 실금이 가기 시작했다.

"윽?"

단전에 진기가 가득 차는 충만함과는 전혀 다른 고통이 느껴졌다.

막대한 양의 진기를 다 수용하지 못한 혈맥이 부풀어 오르며 금방이라도 터질 것처럼 흔들렸다.

구양선은 피부 속에 뱀이 기어 다니는 듯한 착각을 느꼈다. 피부가 징그럽게 꿈틀거리며 터질 듯 부풀었다.

"너는 잘못 생각했어. 네 그 알량한 무공에 대한 믿음에, 그리고 내가 지닌 내력이 너와 비슷할 것이라는 착각에. 모든 것이 네가 자초한 일이다. 잘 가라."

법륜은 구양선의 맞잡은 손을 밀어냈다. 이대로 둬도 구양선은 체내의 진기를 수습하지 못하고 폭사(爆死)할 것이다.

법륜이 뒤로 물러서자 구양선의 몸에서 금빛 기운이 새어 나오면서 피부 곳곳이 쩍 갈라졌다.

"크으으악!"

규칙적인 뱀의 비늘처럼 금기가 피부를 뚫고 폭발했다.

콰아아앙!

황금빛 기운이 한참 동안 허공을 맴돌다 사라졌다.

폭발의 여파로 일어난 흙먼지만 자욱하게 깔려 시야를 방해했다.

법륜은 흙먼지를 헤치며 기감을 확장시켰다. 확실하게 해야 했다.

구양선은 끈질기기가 장랑(蟑螂) 못지않은 놈이다. 법륜의 손짓에 흙먼지가 가라앉자 고통에 울부짖는 구양선이 시야에 들어왔다.

"크아아악!"

혈인(血人)이 된 구양선의 몸에선 아직까지 금빛 광채가 피어오르고 있었다.

"기분이 어떤가?"

법륜이 고통스러운 신음을 흘리는 구양선을 내려다보며 물었다.

구양선은 입이 잘 떨어지질 않는지 계속해서 입술을 달싹였다. 그의 입에서 나온 것은 다름 아닌 웃음이었다.

"흐흐… 흐흐흐……"

"그것이 끝인가? 남길 말은?"

법륜의 물음에 구양선은 답하지 않았다. 지금은 그런 사소한 것에 신경 쓸 겨를이 없었다.

그저 꺼져가는 불꽃을 살리기 위해 안간힘을 쓰고 있었다.

"그럼 남길 말은 없는 것으로 알겠다."

법륜이 수도를 들어올리자 구양선이 눈을 번뜩였다.

그의 시선은 법륜의 수도에 있지 않았다. 그 뒤 우측 사선에 위치한 한 구의 시신, 숙부이던 구양철에게 가 있었다.

'살 수 있다.'

구양선은 법륜의 수도가 천령개를 향해 떨어지는 순간 자리에서 벌떡 일어나 앞으로 달려나갔다.

구양선은 구양철의 시신이 있는 오른쪽 대신 왼쪽으로 달렸다.

구양선은 근원이 된 남환신마공의 진기가 모조리 소실된 지금, 아무리 빨리 달려도 법륜보다 빠르게 도달할 수 없다는 사실을 명확하게 인지하고 있었다.

'속여야 해.'

구양선은 여전히 몸에서 피어오르는 금빛 기운을 최대한

갈무리했다.

마기에 물든 육신이 상극인 기운에 고통을 호소하더라도 지금은 해야만 했다. 구양선은 떨어지지 않는 입 대신 속으로 욕지거리를 내뱉었다.

'젠장.'

혈맥이 가닥가닥 끊겨 진기의 순환이 잘되지 않았다. 그 모습이 마치 삼 일을 굶은 부랑자가 먹을 것을 구하기 위해 비척대며 걷는 것 같았다.

'버린다.'

구양선은 다리의 혈맥을 포기했다. 그 판단엔 내력을 회복하면 시간이 걸리더라도 복체진기를 이용해 얼마든지 회복할 수 있다는 믿음이 깔려 있었다.

법륜은 수도를 내리치려다 말고 갑작스럽게 도주를 감행한 구양선을 어이가 없다는 듯 바라봤다. 저 속도로는 무공을 모르는 병졸도 떨쳐낼 수 없었다.

게다가 구양선이 향하는 방향에는 구양비가 떡하니 버티고 서 있었다.

"소가주."

법륜이 구양비를 나지막하게 부르자 구양비는 고개를 끄덕이며 구양선의 면전으로 치달았다.

이제 손을 뻗기만 하면 끝이었다. 길고도 길었던 전쟁에 마침표를 찍을 시간이었다.

'좋아.'

구양선은 속으로 회심의 미소를 지었다. 구양비가 있는 방
향을 선택한 것은 성공적이었다.

'한 줌, 한 줌의 진기만 있으면 돼.'

구양선은 체내에 남아 있는 법륜의 내력을 모조리 끌어다
다리에 밀어 넣었다.

양다리에서 핏물이 주르르 흘러내렸다.

진기를 밀어 넣기가 무섭게 구양선의 신형이 갑작스럽게 빨
라졌다.

구양비는 갑자기 돌변해 달려드는 구양선을 향해 침착하게
손을 들어올렸다. 이어지는 절초는 구양산수의 일초 겹화수
였다.

화륵!

구양비의 손에서 불꽃이 치솟자 구양선은 자기도 모르게
크게 소리쳤다.

"됐다!"

구양선은 그대로 가슴을 구양비의 손에 들이밀었다. 그와
동시에 망가지기 일보 직전인 다리를 세차게 놀려 오른쪽으로
방향을 틀어버렸다.

구양비의 겹화수가 가슴에 닿자 구양선은 그대로 구양비

가 부리는 불꽃을 빨아들였다.

불꽃이 지닌 양강의 기운이 체내로 스며들자 꺼져가던 남환신마공의 불씨가 다시 살아나기 시작했다.

구양선은 남환신마공의 불길을 지피며 다리를 튕겨 구양철의 시신이 있는 곳으로 몸을 날렸다.

'조금만 더 버텨라. 제발!'

구양선의 신형이 구양철 쪽으로 날아가자 법륜은 구양선의 의도를 알아차렸다. 그 의도를 알아챘을 땐 구양선의 신형이 이미 거의 구양철의 시신에 근접해 있었다.

"안 되겠군."

법륜은 오른손을 들어 구양선을 향해 겨눴다. 법륜의 손가락 끝에 막대한 진기가 고이기 시작했다.

법륜구절, 십지관천의 마관포였다.

타앙!

법륜이 마관포를 쏘아내자 구양선은 땅바닥을 굴러 구양철의 시신을 억지로 들어 올렸다.

투욱!

마관포의 경력이 애꿎은 구양철의 시신을 때리고 사라졌다.

"이놈!"

구양비는 구양선이 숙부를 방패막이로 삼자 분노를 터뜨렸다. 법륜 또한 분노하기는 마찬가지였다.

사자(死者)를 방패로 삼는 일은 이미 죽은 자를 두 번 죽이는 일이나 다름없었다.

하나 구양선은 두 사람의 분노에도 아랑곳하지 않고 시신을 방패 삼아 몸을 가린 채 구양철의 단전에 손을 박아 넣었다.

생기가 사라진 구양철의 시신에는 진기가 얼마 남아 있지 않았다.

하나 구양선에겐 이 얼마 남지 않은 진기가 사막에서 마시는 물 한 모금보다 더 달콤했다.

꿀럭꿀럭!

구양선의 귓가에 진기가 스며드는 듯한 소리가 들렸다. 구양철이 지닌 진기의 양은 적었지만 질은 월등했다.

한 줌의 진기로 몸에 남아 있던 법륜의 금기를 순식간에 몰아냈다.

"후우."

구양선은 저도 모르게 깊은 숨을 내뱉었다. 살 것 같았다. 아니, 살아남을 가능성이 올라갔다.

구양선은 구양철의 시신을 땅에 내팽개치고 뒤도 돌아보지 않고 달렸다.

'일 할. 승산을 올리려면… 저놈이 가장 제격이다.'

다음 목표는 법륜에 이어 진기를 빨아들인 장욱이었다.

장욱은 아직까지 흡정마공의 여파에서 벗어나지 못하고 있었다.

'일단 검부터.'

구양선은 달리던 몸을 그대로 지면에 내던졌다. 팔을 뻗어 땅에 떨어진 열화검을 손에 쥐었다. 손에 검을 쥔 채 그대로 땅을 굴러 몸을 세웠다.

'이제 이 할.'

검을 고쳐 쥐자 장욱이 창백한 안색으로 주먹을 들어올리는 것이 보였다.

하나 진기를 흡수당하기 전의 장욱이라면 모르겠지만 지금의 장욱은 구양선의 눈에 빈틈투성이였다.

"크합!"

구양선은 그대로 검을 휘둘러 장욱의 허벅지를 베어냈다. 장욱이 한쪽 다리를 부여잡자 구양선은 장욱의 뒤로 돌아 등에 손바닥을 붙였다.

츠츠츠!

그때 마관포의 경력이 한 번 더 날아왔다. 구양선은 급하게 고개를 틀어 마관포를 피해낸 뒤 양쪽에서 달려드는 구양비와 이철경을 향해 한차례 검기를 뿌렸다.

'삼 할.'

짧은 순간이었지만 충분히 만족스러웠다. 구양선은 검을 회수하고 정면에서 달려드는 법륜을 향해 장욱의 허리를 발로 차 튕겨냈다.

터억!

장욱의 신형이 그대로 법륜의 품에 안겼다. 법륜은 급히 장욱의 상세를 확인하곤 안도의 한숨을 쉬었다.

장욱은 무사했다. 내력이 불안정하게 흔들리긴 했지만, 시간이 지난다면 충분히 회복할 수 있을 정도의 상세였다.

그사이 구양선은 구양비와 이철경을 피해 담장을 타넘고 있었다.

"네놈, 기필코 죽어야겠다."

구양선의 신형이 시야에서 사라지자 법륜은 세차게 발을 굴러 지면을 밀어냈다.

법륜의 신형이 단번에 담장 근처에 도달했다.

법륜이 담장 위에 발을 올렸을 때, 발밑에서 날카로운 검기가 솟구쳤다.

그대로 도주한 줄 알았던 구양선이 담장 밑에서 법륜을 기다리고 있었던 것이다.

"얄은수를!"

법륜은 담장의 기와를 밟고 도약한 뒤 다시 한차례 허공을 밟고 공중에 머물렀다.

구양선은 법륜의 신기에 놀라는 한편, 다음 활로를 모색하기 위해 머리를 굴렸다.

'생기(生氣), 생기가 필요해. 사람이 많은 곳으로 간다.'

남환신마공을 회복하기 위해선 무인이 익힌 내력이 가장 좋았지만, 조금의 시간도 지체할 수 없는 현 상황에선 무지렁이들의 생기를 빨아먹는 것이 가장 좋은 선택이었다.

'다행히.'

구양선에겐 다행히도 이곳 구양세가가 자리한 금화로와 자신이 자란 서가로가 눈에 훤히 보인다는 점이다.

'서가로, 서가로로 간다.'

서가로는 금화로와는 다르게 빈민들이 넘쳐났다. 오갈 데 없는 부랑자들의 집합소.

대지가 좁아 사람들이 다닥다닥 붙어 있을 터이니 지금 당장 그보다 좋은 장소는 없었다.

'게다가 그 이상은 생각나지도 않고.'

구양선은 허공에 붕 뜬 법륜이 추격하기 전에 재빨리 몸을 굴렸다.

미로와도 같은 서가로에 진입만 하면 충분히 추격을 떨쳐낼 수 있다는 판단이 섰다. 서가로에 들어서기만 하면 승산이 배로 올라간다.

"칠 할. 어디 한번 살아보자."

＊　　　　　＊　　　　　＊

한편, 초무량과 구양연은 남아 있는 구양세가의 무인들과 함께 정련방과 마풍방의 포로들이 일렬로 움직이는 것을 지켜 보고 있었다.

부상자들이 많았지만 초무량이 직접 나서서 손을 쓸 필요 가 없었다. 여민원의 의원들이 어느새 당도해 한차례 진료를 마친 까닭이다. 구양연이 초무량의 옆에서 근심 섞인 목소리 로 물었다.

"할아버지, 아까 말씀하신 제삼의 세력이라는 자들 말이에 요. 어떤 자들일까요?"

"그것은… 확언을 할 수가 없구나. 꼬리조차 보이지 않는 자들이니."

초무량이 이렇게까지 다른 세력을 염두에 둔 이유는 확실 히 있었다.

단순하게 정련방과 마풍방이 저돌적인 움직임을 보였기 때 문이 아니다. 그들의 움직임과는 별개로 한중에 이상한 기류 가 흘렀기 때문이다.

처음 보는 외지인이 늘어나고 거리엔 부쩍 칼을 찬 무인의 숫자가 늘어났다.

무인들이 한곳에 몰리니 싸움이 벌어지는 것은 필연이다. 그리고 부상을 당한 이들이 초무량의 여민원을 찾아온 것 또한 어찌 보면 당연한 일이었다.

'문제는… 싸움을 조장하는 자들, 그들이 누구인지 알 수가 없다는 것인데…….'

한두 번의 싸움은 우연으로 치부할 수 있다. 하지만 그것이 수십 번이 되면 결코 우연으로 볼 수 없다.

믿을 수 없는 우연이 엮이고 또 엮이는 것이 세상사라지만 이건 해도 해도 너무했다.

초무량의 얼굴에 서린 근심을 읽었는지 구양연이 애써 밝은 목소리로 말했다.

"하지만 괜찮을 거예요."

"어찌 그리 생각하느냐?"

"신승이 우리 편이잖아요! 그가 도와준다면 괜찮을 거라 믿어요!"

"그를 많이 의지하는구나."

초무량은 신승의 이야기를 할 때면 부쩍 밝아지는 어린 손녀를 보며 너털웃음을 지었다.

초무량의 발언이 너무 직접적이었는지 구양연은 수줍은 미소를 지으며 얼굴을 붉혔다.

"일단… 멋있잖아요. 게다가 갑자기 비단보다 더 부드러워 보이는 머리카락이 생겨났을 땐……."

초무량은 구양연의 뒷말을 듣지 않아도 무슨 말을 할지 알 것 같았다.

아직까지 초무량이 보기에 구양연은 철부지 어린아이였다. 그런 아이가 이렇게 자라 오라비의 이야기가 아닌 외간 남자 이야기를 하다니 그저 놀라울 따름이다.

'잘하면… 조만간 국수를 말아 먹겠구먼.'

초무량은 심각한 와중에도 예쁜 신부 화장을 한 구양연을 떠올리자 가슴이 뭉클했다. 그러곤 다짐했다.

'이 할애비가 꼭 국수를 먹어야겠구나.'

초무량은 자신이 월하노인(月下老人)이 될 결심을 한 것이 훗날 어떤 파장을 불러올지 알지 못했다.

적어도 아직까지는.

                    *   *   *

구양선은 서가로에 들어서자마자 본능이 이끄는 대로 움직였다. 생기를 찾는 움직임이었다.

사람이 손에 잡히는 즉시 생기를 흡수한 뒤 땅에 내던졌다. 남환신마공의 진기가 점차 차오르며 예의 그 충만한 느낌을 선사했다.

'이제 팔 할. 벗어난다.'

구양선은 잠시 호흡을 고르며 뒤쫓는 자들이 있는지 확인했다.

저 멀리 금기가 넘실거리며 뻗어 나오는 것이 두 눈에 똑똑히 보였다.

'역시 빨라. 보통의 방법으론 안 되겠다.'

어리석은 판단이라 생각할지 모르겠으나 구양선은 법륜의 내력을 맛본 것을 후회하지 않았다. 분명 법륜의 내력을 맛본 뒤 생명이 경각에 달했지만 그는 더 큰 것을 얻었다고 자부했다.

바로 법륜의 내력이다.

법륜의 내력 그 자체를 말함이 아니다.

구양선은 법륜의 금강기가 체내로 침투할 때, 그 경로를 세세하게 살폈다. 단순하게 내력이 흐르는 경로는 알아 무엇 하느냐고 생각할 수도 있겠지만 구양선에겐 그야말로 신세계였다.

'분명 이렇게… 였지.'

운공로를 바꾸거나 하지는 않았다. 어차피 법륜의 내력이 흐르는 길 전부를 알 수는 없었으니까. 단지 그 형질만은 놀랍도록 법륜의 것과 닮아 있었다.

'더 촘촘하게.'

견직물에 비유한다면 어떨까.

구양선 본인이 본래 지니고 있던 내력이 삼베를 짜 만든 모시옷이라면, 법륜의 내력은 견사(繭絲)로 짠 비단옷이었다. 그만큼 촘촘하고 빈틈이 없었다.

'됐다.'

구양선은 조용히 미소를 지었다. 남환신마공의 진기가 내부를 한 바퀴 순환하자 이전과는 다른 감각이 느껴졌다. 감각이 변했다는 느낌보다 전혀 몰랐던 감각을 깨우친 느낌이다.

마치 인간의 등에 날개가 돋은 것처럼 새로운 감각이 전신을 가득 채웠다.

"어떻게 쓸지는… 조금 더 고민해 봐야겠군."

지금은 한가하게 앉아서 무공을 수련할 시간이 없었다. 구양선이 진기를 휘돌리는 그 짧은 순간, 법륜이 부리는 금기가 지척까지 다가와 있었다.

'벗어난다.'

구양선은 새롭게 태어난 남환신마공을 단전에 꾹꾹 눌러 담았다.

혈맥으로 흘러 나가지 않게 한곳에 몰아넣고 온전하게 봉인했다.

'움직이자.'

앞으로 일각. 사활이 걸린 시간이었다.

한편, 법륜은 구양선을 쫓아 서가로에 막 발을 들이고 있었다.

미로같이 얽히고설킨 길이 거미줄처럼 늘어져 있었다. 구양선의 기감은 감지되지 않았다.

'시간을 조금 지체했다고는 하지만……'

너무 빠르게 사라졌다. 장욱의 상세를 살피기 위해 잠깐 시간을 쓴 것이 구양선의 추적에 걸림돌이 되었다.

법륜은 서가로 곳곳을 누비고 다녔다. 골목마다 목내이가 되어 쓰러진 시체가 즐비했다.

법륜은 저도 모르게 눈살을 찌푸렸다. 본인이 저지른 일도 아니건만 책임감이 무겁게 가슴을 짓눌렀다. 만약 법륜이 조금만 더 빨랐다면, 아니, 애초에 방심하지 않고 구양선을 놓치지 않았다면 이런 참사를 두 눈으로 볼 일은 없었을 게다.

"아직 벗어나지 못했어."

법륜은 목내이가 된 시신에 손을 가져다 대며 중얼거렸다. 정을 모조리 빼앗겼지만 아직 온기가 남아 있었다. 사람의 피가 차갑게 식고 몸이 뻣뻣하게 굳기 위해선 몇 시진이 필요하다.

하나 구양선에게 정을 빼앗긴 이에겐 해당 사항이 없는 말이다.

정을 빼앗기자마자 몸이 급격하게 굳고 수분이 증발한다. 마치 오랜 시간 땅 밖으로 나온 나무뿌리처럼 딱딱하게 굳어 버린다.

"일단은."

구양선을 찾는 것이 급선무였다. 법륜은 다시 한번 자신의 무공을 믿어보기로 했다. 아니, 내력이 지닌 힘을 믿기로 했다.

언젠가 말하지 않았던가.

상상할 수 있는 모든 것을 가능케 해주는 힘이라고. 그 힘에 꽉 막혀 있던 사고방식의 틀마저 깨뜨렸으니 자신이 간절하게 원한다면 그에 응할 것이다.

'신안… 신안밖에 없어.'

지금과 같은 상황에선 만물이 지닌 기의 흐름을 한눈에 보게 해주는 신안이 제격이었다.

법륜의 눈동자에 황금빛 기운이 어리기 시작했다. 법륜은 안력을 집중해 그대로 무너지기 일보 직전인 나무판자로 만든 집들을 꿰뚫어 봤다.

동시에 기감을 한계까지 끌어올려 감각을 확장시켰다. 거미줄같이 얽힌 골목에 사는 수많은 사람들의 생기가 법륜의 감각에 급속도로 몰려들었다.

'내력, 내력을 지닌 자를 찾아야 해.'

그러자 감각의 탐색 범위가 확 좁아졌다.

인간이 살아가는 것 이상의 기운을 쌓고 있는 자들. 내력을 익힌 자들만 찾아내면 되는 일이었다.

하지만 법륜의 그런 노력은 수포로 돌아갔다.

'내력을 익힌 자가 없어?'

서가로가 아무리 빈민가를 끼고 있는 지역이라지만 무인이 한 명도 없다는 것은 이상한 일이었다. 구양선이 아무리 빨라도 서가로에 있는 무인 전부를 단숨에 제압해 내력을 흡수할 수는 없는 일이니까.

"무슨 수작을 부리는 것이냐, 구양선?"

법륜의 앙다문 입 사이로 이가 갈리는 소리가 들렸다.

이렇게 된 이상 몸으로 뛰어다니며 찾는 수밖에 없었다. 법륜은 주변을 둘러보며 가장 높은 지붕을 가진 전각을 찾았다.

'저쪽.'

그리 높은 전각은 아니었지만 빈민가 전체를 내려다보기엔 충분했다.

법륜은 이형환위를 펼치듯 단숨에 전각의 지붕 위로 올라섰다.

생각대로 전각에 오르자 빈민가가 한눈에 들어왔다.

"어디냐."

법륜은 여전히 신안을 유지한 채 주변을 주의 깊게 살폈다. 내력의 움직임을 쫓지 않아도 되었다. 그저 작은 소란이면 충분했다.

그 소동 속에 분명 구양선이 있을 것이기에. 법륜은 눈을 감고 기감에 집중했다.

―으앙!

"저기로군."

서가로 빈민가의 거의 끝자락에서 어린아이의 울음소리가 작게 들렸다. 억지로 입을 막은 듯했지만 새어 나오는 소리를 전부 막지는 못했다.

아마 법륜의 발달한 청각이 아니었다면 찾아내지 못했을 것이다.

법륜의 신형이 화살처럼 쏘아져 나갔다.

콰아앙!

법륜이 지면에 굉음을 내며 착지했을 때, 구양선은 어린아이의 목줄을 쥐고 뒷걸음질 치고 있었다. 마치 아이의 울음소리를 차단하지 못한 그 순간부터 법륜이 이곳에 나타나리라는 것을 짐작한 것 같았다.

"너무 빠르군. 시간이 조금 더 있었으면 좋았을 것을."

"불가사의하군."

"뭐가 말이지?"

구양선은 법륜의 말에 싱긋 웃음 지었다.

구양선 본인도 법륜이 하고자 하는 말의 의도를 명확하게 알고 있지만, 다시 한번 물었다. 시간을 끌기 위해서.

"모른다고 생각하진 않는데?"

"내 생각도 중요하지만, 궁금한 사람에게 직접 듣는 것도 나쁘지 않잖아?"

"됐다. 어차피 네가 지닌 마공 때문이겠지. 애초에 별로 궁금하지도 않았거니와. 그보다, 어쩔 셈이지?"

법륜은 구양선의 손에 매달린 어린아이의 눈을 보며 물었다.

인질이 된 아이는 법륜의 눈을 보자마자 울음을 뚝 멈췄다. 분명 법륜이 입을 열지 않았음에도 그의 목소리가 똑똑하게 들리는 듯했다.

[괜찮다. 내가 구해주마. 조금만 참고 기다리거라. 남자라면 참을 수 있겠지?]

아이의 변화를 가장 먼저 눈치챈 것은 멱을 틀어쥐고 있는 구양선이었다.

세상 떠나갈 것처럼 울던 아이라 아혈까지 짚어놓았는데 몸의 떨림이 순식간에 멎었다.

"수작 부리지 마라."

"……"

법륜은 구양선의 협박에 입을 굳게 다물고 매서운 눈빛으로 노려봤다.

여차하면 구양선을 포기하더라도 아이를 구하겠다는 의지

가 명백하게 보였다. 구양선은 그 모습에 히죽거렸다.

"다행이다."

"뭐가 다행이지?"

"네가 나쁜 놈이 아니라서. 나는 이 아이를 들고 도주할 거다. 만약 네가 쫓아오면……."

구양선은 손에 붙잡힌 아이의 얼굴을 한번 쳐다본 뒤 다시 법륜에게 시선을 돌렸다.

"그렇게 되면 넌 죽는다."

"그러지 않아도 넌 날 죽이려 하겠지. 혼자 가는 것보단 둘이 가는 게 덜 외롭지 않겠어?"

"네놈……."

법륜의 분노가 서린 음성에 구양선은 진지한 어조로 대꾸했다.

"그러니 선택해라. 나를 그냥 보내줘. 그럼 이 아이는 반드시 살려서 보낸다. 그리고 아주 유용한 정보를 하나 주지. 아마 내 이야기를 들으면 나 따위는 잡을 생각도 들지 않을 거다."

"정보?"

"그래, 정보. 어떤가? 선택해라."

법륜은 아이의 얼굴을 한차례 바라본 뒤 괜찮다는 듯 고개를 끄덕이곤 구양선을 향해 말했다.

"좋다, 허나 아이의 목숨은 어떻게 보장하지?"

"나는 서가로를 벗어나자마자 이 아이를 두고 떠날 거다. 이 아이도 이곳 출신인 것 같으니 충분히 집은 찾을 수 있지 않겠나? 그러니 그냥 믿어. 그 수밖에 더 있나?"

"어이가 없군. 허나 좋다. 아이의 생명을 구할 수 있다면 네 놈의 목숨을 잠깐 더 연명시켜 주는 것도 좋겠지."

"좋아, 그렇다면 한 가지 사실에 대해서 말해주지."

구양선은 조심스럽게 주변을 둘러봤다.

마치 누군가 듣기라도 하면 곤란하다는 듯 무척이나 조심스러운 모습이다. 구양선의 이런 모습을 본 적이 없는 법륜으로선 굉장히 의외였다.

'무슨… 정보이기에 저렇게 경계를 하지?'

법륜의 의문이 극에 달했을 때, 구양선의 입이 천천히 떨어졌다.

"이것은 한 가지 비사(祕史)에 관한 것이다. 세상이 모르는 진실. 나는 그 진실을 알고 있다."

"비사?"

"그래, 비사. 너는 당금의 황실에 대해서 얼마나 알고 있지? 아니, 정확하게는 주원장이 황제가 되기 전에 몸담았던 명교에 대해서 얼마나 알고 있나?"

법륜은 구양선의 말에 침음을 삼켰다.

확실히 주변을 경계할 만한 일이긴 했다. 황제의 이름을 일개 무부의 입에 담다니, 관부의 인사가 있었다면 단번에 추포하라는 명령이 떨어졌을 것이다.

"피를 많이 흘렸다는 것 정도, 그리고 사교 집단으로 명명되어 토벌당했다는 것. 그 혈사를 피해 달아나 세력을 일으킨 것이 십대마존이 아니던가? 이제는 구대마존이지만."

"역시."

구양선은 그럴 줄 알았다는 듯 고개를 끄덕였다. 그것이 세상 사람들이 아는 전부라는 뜻이기도 했다.

"내가 왜 구양세가에 들어서서 일 년이나 골방에 처박혀 무공만 수련한 줄 아나? 내가 약해서? 그것도 맞지만 시선을 피하기 위해서였다. 이 세상은 그들에 대해서 아무것도 몰라."

의외의 이야기였다.

"시선을 피해? 누구로부터?"

"배화교(拜火敎). 황제가 이끌던 명교의 전신(前身)이자 괴물들이 도사린 곳. 그들은 오래전부터 중원 땅을 탐내고 있었지. 들어본 적이 없나?"

"배화교라… 들어본 기억이 없군."

구양선은 다시 한번 주변을 경계하며 마지막 한마디를 남겼다.

마치 금방이라도 누군가 습격해 올 것을 경계하는 모습이다. 그 모습에 법륜 또한 자연스럽게 기감을 끌어올리며 주변을 면밀하게 살폈다.

그때, 구양선의 입에서 믿을 수 없는 이름이 튀어나왔다.

"천마신교(天魔神敎). 그것이 배화교의 또 다른 이름이다."

법륜은 천마신교라는 구양선의 말에 경악을 금치 못했다. 법륜이 알기로 천마신교는 유협전에나 나오는 허구의 산물이다.

그런 천마신교가 실존한다는 말을 도저히 믿기 어려웠다.

"천마신교라고? 그들이 어째서……."

"이상한가? 하지만 생각해 보면 전혀 이상한 일이 아니지. 내가 사용하는 무공과 배화교라는 이름 그 자체를 생각해 보면 말이야."

"배화교와 네놈의 무공이라……."

구양선이 지닌 무공의 모태는 구양세가 남환신공에서 비롯되었다.

또 배화교는 불을 숭상하는 종교 집단. 둘의 공통점은 모두 '불'이라는 한 단어에 있었다.

"네놈이 양기를 다루는 무공을 사용하기에 그들이 접근했다는 뜻인가?"

구양선은 법륜의 말에 고개를 끄덕였다.

"그래. 생각해 보라. 내 무공은 이미 중원의 무학과는 궤를 달리한다. 그들은 나를 찾아와 이렇게 말했지. '불을 다루는 방법이 우리와 비슷하다'고."

들을수록 놀라운 이야기였다.

구양선이 구사하는 무공과 비슷한 무공이라 함은 그들 또한 마공을 사용한다는 말이다. 중원의 무학과 궤를 빼 든한 다는 것은 그런 뜻이다.

법륜은 이 믿을 수 없는 이야기에 점차 빠져들었다.

만약 이 이야기가 사실이라면 구양선 정도는 새 발의 피로 만들 정도로 엄청난 파장을 불러올 것이 분명했다.

"헌데 그들이 어떻게 알고 널 찾아왔지?"

구양선은 법륜의 질문에 어깨를 으쓱거렸다. 본인도 알 수 없다는 뜻이다. 구양선은 이제 끝이라는 듯 마지막으로 입을 열었다. 그는 금방이라도 뛰쳐나갈 것처럼 팔다리를 움직였다.

"조심하는 게 좋을걸. 그들은 어디에나 있고 또 모든 것을 듣고 있으니까. 마치… 지금처럼."

'지금처럼'이라는 말과 동시에 구양선은 손에 쥔 아이를 뒤로 내던지고 서가로 밖으로 달리기 시작했다.

법륜은 순식간에 주변을 조여 오는 살기에 저도 모르게 아이를 향해 몸을 날렸다.

'그 말이 이 뜻이었나!'

법륜은 땅에 쓰러진 아이를 품에 안은 채 급하게 불광의 벽을 일으켜 주변을 감싸 안았다.

스스슥!

빈민가 주변으로 복면을 쓴 인형들이 속속 모습을 드러냈다. 복면을 한 인형들은 전부 검을 패용하고 있었다.

놀라운 점은 이십 명이 넘는 인원이 움직이는데도 작은 발소리 하나 나지 않았다는 점이다.

'상상 이상이다.'

법륜은 재빨리 품속에 안은 아이를 한 팔로 단단하게 동여매고 골목을 향해 달렸다.

포위당하기 전에 상대해야 할 숫자를 줄이려는 의도였다. 복면인들은 법륜의 의도를 훤히 꿰뚫어 보는 듯 법륜이 움직이는 경로를 하나둘 차단하기 시작했다.

"좋지 않군. 아이야, 이름이 무엇이냐?"

"황곤이에요."

"좋구나. 곤아, 잠시 내 뒤에서 기다려 줄 수 있겠느냐?"

"네, 아저씨."

황곤은 언제 그랬냐는 듯 겁에 질린 표정을 지우고 법륜의 등 뒤에서 옷자락을 꼭 쥔 채 이를 앙다물었다. 어떻게든 법륜에게 부담을 주고 싶지 않다는 표정이 보여 기특하단 생각이 들었다.

"그렇다면 잠시 눈을 감고 있거라."

황곤이 법륜의 등 뒤에 웅크리고 서자 법륜은 몸에 어린 불광을 꺼뜨렸다.

눈앞의 복면인들은 경지가 그렇게 높아 보이지 않았다. 대부분이 일류에 절정이 몇 섞여 있었다.

문제는 이들이 전부 살수나 사용할 법한 얇은 세검을 사용한다는 점이다. 게다가 움직일 때마다 발소리조차 들리지 않는다는 것은 이들이 전문적인 암살 교육을 받았다는 것을 의미한다.

'일류살수가 스물이라⋯⋯.'

이들이 정말 천마신교의 무인이라면 정말 놀라운 일이다. 구양선은 이들의 눈과 귀가 어디에나 있다고 했다. 이런 자들을 중원 전역에 깔아두고 암투를 조장한다면 그보다 무서운 일은 없을 것이다.

"책임자가 누구지?"

"⋯⋯."

복면인들은 법륜의 물음에도 묵묵부답으로 일관했다. 굳이 대화를 나눌 필요성을 못 느끼는 듯했다. 법륜은 스스로가 헛된 기대를 했다는 것을 인정했다.

애초에 대화가 가능한 상대였다면 복면을 쓰고 검으로 위협하지도 않았을 것이다.

"좋아, 나는 법륜이라 한다. 천마신교라 했던가? 그 머릿속에 내 이름을 똑똑히 박아주마."

법륜은 양팔을 들어 전투의 서전을 알렸다. 열 손가락에 금빛 기운이 모여들더니 순식간에 쏘아졌다. 법륜구절, 십지관천의 초식이었다.

십지관천의 지력(指力)이 허공에 금빛 수를 놓으며 날아갔다.

'휘어져라!'

법륜이 쏘아낸 지력은 법륜이 손가락을 움직일 때마다 급격하게 궤도를 틀며 움직였다. 법륜의 손짓은 꼭두각시 인형을 다루는 것처럼 섬세했다.

푹!

푸푸푹!

지력이 살수들의 몸에 정확하게 꽂혔음에도 신음 하나 흘리지 않았다.

법륜은 그 광경을 지켜보며 인상을 찌푸렸다. 분명 죽일 생각으로 쏘아냈다.

평범한 인간이 아니라도 법륜의 지풍에 몸이 꿰뚫리면 비명을 지르며 절명해야 한다.

'헌데……'

이들에게선 아무런 반응도 끌어낼 수 없었다.

심지어 몸이 꿰뚫린 상태로 움직이기까지 했다.

법륜은 강하게 진각을 밟으며 달려드는 살수를 향해 어깨를 밀어 넣었다. 대량의 금빛 기운이 살수의 가슴으로 흘러들어 갔다.

콰아앙!

물가에서 던지는 돌멩이처럼 살수의 몸이 퉁퉁 튕겨 나가떨어졌다.

축 늘어진 것이 절명한 것이 분명했다. 하나 살수들은 동료의 죽음에도 아랑곳하지 않고 달려들었다.

'이래도 반응이 없어?'

죽는 순간까지 비명 한번 지르지 않는다는 것이 어떤 의미일까.

법륜은 그것이 엄청난 인내라는 것을 알았다. 보통의 수련으론 불가능한 일이다. 뭔가 특수한 교육을 받았거나 술법을 가미했음이 분명했다.

'대체 뭐냐?'

법륜은 살수들을 경계하면서 등 뒤에 선 황곤을 살폈다. 황곤은 여전히 눈을 꾹 감고 있었다.

하지만 법륜은 그런 황곤의 모습에서 짙은 위화감을 동시에 느꼈다.

'웃고 있어⋯⋯?'

입매가 잔뜩 휘어진 것이 웃음을 참느라 애쓰는 것처럼 보였다.

아까 전 울음을 터뜨리던 어린아이의 모습과는 다르게 심한 괴리감이 느껴졌다.

보통의 평범한 아이라면 절대 지금과 같은 상황에서 웃을 수 없었다.

법륜은 제자리에 우뚝 서 뒤로 돌았다.

"너, 정체가 대체 뭐냐?"

"네?"

황곤은 법륜의 침중한 물음에도 천연덕스럽게 눈을 감은 채 대답했다. 법륜은 그 모습에 암담함을 느꼈다.

절대 평범한 아이가 아니었다. 오히려 비범한 쪽에 가까웠다.

문제는 그 비범함이 결코 지닌 바 재능이나 기지에서 오는 것이 아니라는 점이다.

'마치… 산전수전 다 겪어본 자들이나 보일 법한 반응……'

황곤을 한마디로 표현하자면, 잘 훈련된 간자 같은 느낌이었다.

"대답해라. 너는 누구냐?"

"저는 황곤인데요?"

황곤은 법륜의 최후통첩과도 같은 질문에도 장난스럽게 반응했다. 법륜은 그 모습을 보다 갑작스럽게 움직였다. 살수들을 향해서가 아니라 황곤을 향해서.

순식간에 진공파의 경력이 팔을 타고 올라와 황곤의 면전을 향해 쏘아졌다.

파아아앙!

경력이 허공을 가르며 나아가자 황곤은 그제야 장난기 많던 표정을 버리고 무표정한 얼굴로 돌아왔다.

"생각보다 감이 좋은데?"

황곤이 오른쪽으로 한 걸음을 움직여 진공파를 비켜냈다. 물이 흐르듯 자연스러운 움직임이었다.

보통의 어린아이라면, 아니, 숙련된 고수가 와도 쉽사리 막아내거나 비켜낼 수 없는 것이 법륜의 진공파였다. 하지만 황곤은 가볍게 해냈다. 마치 장난을 하는 것처럼.

"누구냐고 물었다."

"내 이름은 황곤. 천마신교 섬서지부의 지부장이자 모든 인형(人形)의 주인 괴뢰마수(傀儡魔手) 황곤이다."

황곤의 표정이 진중하게 변했다.

"신승 법륜이여."

                *   *   *

장산과 문우는 서로를 바라보며 숨을 헐떡였다. 괴이한 일이었다.

그들이 금영방으로 향했다가 다시 소가주가 있는 백호방을 향해 돌아가려고 할 때 일단의 무리가 앞을 막아섰다.

처음에는 그저 구양세가에 반기를 든 무인들의 집단인 줄 알았다.

그도 그럴 것이, 태영사의 무인들이 한중에 들어와 벌인 일만 해도 반역의 무리에겐 굉장히 부담스러운 일들이었으니까.

하지만 달랐다. 이들은 지치지도 않았고 고통에 찬 비명도 지르지 않았다.

"벌써 이십 명째입니다, 대형. 이대로는 끝이 없겠어요."

"그래, 네 말이 맞다."

아직 복면을 쓴 무인은 열 명이 넘게 남아 있었다. 장산은 호흡을 가다듬으며 최대한 내력을 보전하려고 애썼다. 이들의 목적이 무엇인지, 또 왜 앞을 막아섰는지는 지금 중요하지 않았다.

'생즉사, 사즉생.'

살고자 하면 죽을 것이고, 죽고자 하면 살 것이다. 장산은 계속해서 법륜이 한 말을 되뇌었다. 호흡을 가다듬던 장산의 시선이 문우에게로 향했다.

'아까운 녀석.'

장산은 문우를 보며 다시 한번 결의를 다졌다. 둘 다 아직까지 큰 부상은 없었지만 벌써 이십 명을 넘게 상대한 지금 앞으로의 상황을 낙관하기엔 쉽지 않은 일이었다.

'어떻게 해서라도……'

문우만은 살린다.

장산은 속으로 그렇게 되뇌었다. 문우는 이미 여력이 없었다. 문우보다 한 단계 더 높은 경지인 장산 또한 검을 떨어뜨릴 것처럼 팔이 떨려왔다. 문우는 아마 보이는 것보다 더 심각한 상황일 것이다.

복면을 쓴 살수들의 움직임이 재개되었다. 한 가지 다행인 점은 이성이 마비된 것처럼 움직임이 제각각이라는 것이다.

'마치 이성(理性)이 마비된 것 같다.'

그렇다면 방법은 있었다. 시선을 끌면 된다. 문우를 살리기로 작정한 이상, 시선을 자신에게 끌어모은다면 충분히 도주할 시간을 벌 수 있었다.

[문우, 신호를 하면 뒤도 돌아보지 말고 달려라. 시간을 끌겠다.]

"대형!"

문우는 장산의 전음에 저도 모르게 큰 소리를 냈다. 항상 이런 식이었다. 언제나 어린아이 보듯 걱정하고 또 걱정했다.

스스로가 한 사람의 무인이라 생각하는 이상, 그런 동정은 사양하고 싶었다.

"내가 시키는 대로 해. 그래야 산다."

"그렇게 말씀하셔도 저는 안 들을 겁니다. 혼자 살아봐야 아무런 의미가 없어요."

문우는 말도 안 되는 소리를 들었다는 듯 검을 세게 고쳐 쥐었다. 죽어도 물러서지 않겠다는 강인한 의지가 느껴지자 장산은 더 이상 문우를 설득할 수 없었다.

"마음 단단히 하시지요. 제가 지켜드리겠습니다, 대형."

"녀석……."

장산은 문우를 한번 돌아본 뒤 스스로가 마음을 약하게 먹고 있다는 사실을 알았다. 언제부터였을까. 강철같이 단단하던 마음이 물 먹은 솜처럼 흐물거린 것이.

'초무량… 그 노인을 만나고 나서부터다.'

법륜의 패권을 꿈꾸던 장산에게 초무량은 충격적인 존재였다. 그 정도의 고수가 작은 의원을 경영하고 있으리란 것은 꿈에도 몰랐으니까.

초무량의 경우를 보았을 때, 중원에 얼마나 많은 고수들이 숨어 있을지 감도 잡히지 않았다.

"간다. 내가 시선을 끈다. 너는 틈을 노려."

장산의 거검이 힘겹게 들어올려졌다.

장산은 거검을 휘둘러 괴집단 살수의 가슴을 갈라냈다.

'이번에도.'

' 역시 반응이 없었다. 인간이라면 당연하게 느껴야 할 고통의 감각이 마모된 꼭두각시처럼.

'목을 잘라야 해.'

지금까지 알아낸 사실에 의하면 꼭두각시를 행동 불능으로 만드는 방법은 단 하나이다.

목을 잘라내는 것. 그러자면 무리를 해야만 했다. 인간의 목뼈는 생각보다 단단하다.

일류고수만 되어도 손쉽게 목을 부러뜨리지만 그건 어디까지나 무공을 모르는 일반인을 상대할 때의 이야기. 지금처럼 절정의 무공을 구사하는 살수들에겐 통할 이야기가 아니었다.

'어쩔 수 없어.'

옆에서 고군분투하는 문우를 보자 망설임은 눈 녹듯 사라졌다. 장산의 검이 빨려들어 가듯 살수의 가슴에 꽂혔다가 위를 향해 들렸다.

서걱!

머리가 반으로 갈라지자 꼭두각시의 움직임이 덜컥 멈추더니 묘한 신음을 흘리며 쓰러졌다. 머리가 갈라지는 순간의 고통보다 타의에 의해서 조종당하는 운명에서 벗어난 것에 대해 더 큰 감흥을 느끼는 것 같았다.

"제정신이 아니야."

장산은 거검을 회수하며 자신도 모르게 중얼거렸다. 하나 언제까지 감상에 빠져 있을 시간은 없었다.

꼭두각시 하나가 무너지자 그 틈을 비집고 수십이나 되는 살수들이 장산의 상체를 향해 검을 밀어 넣은 까닭이다.

"문우, 목을 노려야 해! 그렇지 않으면 적들에게 기회만 줄 뿐이다!"

문우 또한 동감이라는 듯 고개를 끄덕였다. 이런 사이한 술수는 직접 본 적도, 또 들어본 적도 없었다. 자신의 실력으론 단번에 목을 갈라내는 것은 불가능하지만 보조 정도는 얼마든지 할 수 있었다.

"대형, 보조를!"

"좋아!"

문우가 장산을 향해 검을 뻗는 살수들의 틈바구니로 검을 밀어 넣었다. '챙' 하는 소리와 함께 열 자루가 넘는 검이 문우의 검 끝에 잠시 머물렀다 찔러 들어왔다.

그것으로 충분했다. 장산이 몸을 빼고 재차 공격을 감행하기엔.

스걱!

문우의 보조에 맞추어 거검이 살수의 목에 정확히 박히자 살수 하나가 몸을 꿈틀거렸다. 문우는 그 찰나를 놓치지 않고 전력을 다해 목을 베었다.

좌르르륵!

검에 들러붙은 핏물이 허공을 수놓았다.

"확실히 시간을 끌면 좋지 않겠습니다."

문우의 말에 장산의 눈동자가 흔들렸다. 살수들을 상대하는 것은 분명 쉽지 않은 어려운 일이지만 불가능한 일은 아니었다.

그럼에도 장산이 무리를 해가며 빨리 이 상황을 타개하고자 한 연유는 이들이 누구인지 전혀 모르기 때문이었다.

'만약⋯ 또 다른 이들이 난입한다면⋯⋯.'

그때는 정말 죽은 목숨이었다.

"이러고 있을 시간이 없다. 최대한 줄여야 해."

문우 또한 장산의 말이 의미하는 바를 정확하게 알아들었다.

처음 숭산에서 내려왔을 때 그저 미숙하기만 하던 문우였다면, 몇 번의 실전을 거친 지금은 완숙한 무인의 관록을 보여주고 있었다.

"갑시다."

문우가 장산에게 눈빛을 보내고 재차 살수들을 견제하려는 찰나,

"어⋯⋯?"

"이게⋯⋯?"

두 사람의 영문을 알 수 없다는 듯한 탄성이 흘러나왔다. 지금까지 목숨을 걸고 검을 휘두른 일이 무색하게 누군가의 꼭두각시처럼 움직이던 살수들이 저마다 검을 땅에 떨어뜨리며 괴로워하고 있는 것이다.

장산은 땅에 몸을 뉘인 채 몸을 부들부들 떠는 살수들을 바라보며 짙은 한숨을 내뱉었다.

"이유는 알 수 없지만……."

"지금이 기회인 것만은 분명하군요."

장산은 고개를 한차례 끄덕인 후 조심스럽게 살수들을 향해 다가섰다.

거검을 높이 들어 땅에 쓰러진 살수들의 목을 검극으로 찍을 때까지도 살수들은 별다른 반응을 보이지 않았다.

"괜찮겠다."

그 말에 문우가 합세했다.

전력을 다해 검을 내려쳐 살수들의 목을 잘라내는 두 사람. 도무지 무슨 연유인지 알 수 없는 행운에도 두 사람의 얼굴은 굳어만 갔다.

*   *   *

두 사람에게 행운을 선사한 사람.

법륜은 방금 전의 일전을 떠올렸다. 이제는 천하에 적수가 몇 없다고 생각했건만 역시 땅은 넓었고 사람은 많았다. 황곤도 그랬다.

황곤은 여타 괴뢰 살수들과 마찬가지로 목이 잘려 땅을 뒹굴고 있었다.

"쉽지 않았어."

반 시진 전.

자신을 괴뢰마수라 밝힌 황곤은 장난기 어린 얼굴로 법륜과 대치하고 있었다. 법륜은 어린아이의 얼굴로 괴이한 술수를 부리는 황곤을 물끄러미 바라봤다.

대체 어디까지가 진실일지.

천마신교라는 이름을 달고 활동하는 단체는 여태 들어본 적이 없었다. 아니, 정확히는 들어본 적은 있으되 먼 옛날이야기로 생각한 것이 사실이다.

'허나, 소문과는 많이 다르지 않은가.'

과거 서역과 중원이 교류를 시작한 시기, 배화교라는 이름이 한 차례 중원에 들려온 적이 있었다.

하나 그때의 배화교라는 이름은 천마신교와 연관 짓기에는 너무나도 달랐다.

이렇다 할 분쟁은커녕 제대로 된 무인도 존재하지 않던 종교 집단. 그것이 배화교였다.

그런 배화교가 천마신교의 전신이라는 말은 쉽사리 믿기 어려운 것이었다.

'시간이 흘러 변질되었을 가능성도 충분하지만……'

무학이란 단시일 내에 쌓을 수 있는 것이 아니다. 더군다나 구양선이 한 말이 마음에 걸렸다.

"불을 다루는 방식이 우리와 비슷하다."

불을 다룬다고 했다. 그 말인즉 배화교엔 불을 다루는 무공이 존재하고, 중원의 무인들은 그 사실을 모르고 있다고 보는 것이 옳았다.

"무슨 생각을 하는지 훤히 보이는군."

법륜이 적을 눈앞에 두고 깊은 상념에 빠졌을 즈음, 황곤이 그런 법륜의 상념을 무참히 짓밟았다.

"그게… 무슨 뜻이지?"

"신교의 이름에 의문을 품고 있지 않은가?"

"……"

법륜은 황곤의 말에 아무런 답도 하지 못했다.

그의 말이 맞았기 때문이다. 배화교와 천마신교를 두고 아무리 저울질을 해보아도 지금의 법륜으로선 진실을 알아내기에 요원했다.

게다가 눈앞의 황곤은 강자(强者).

적어도 구양선 이상이다. 그 말은 곧 중원 어디에 내놓아도 통할 위인이라는 것이다.

그런 자가 일개 성의 지부장이다. 그리고 불을 숭상한다며 떠들어댄 것치곤 특별히 양기를 다루는 데 특화된 무공을 구사하지도 않았다.

'그런 자를 두고……'

여러모로 정체를 알 수 없는 무인을 앞에 두고 한눈을 팔았다.

단번에 목이 떨어져도 할 말이 없는 일이었다.

"너는… 몇 번째지?"

"몇 번째?"

황곤은 법륜의 갑작스러운 질문에 그게 무슨 소리냐는 듯 고개를 갸웃거렸다.

"네놈이 천마신교라는 곳에서 몇 번째냐는 뜻이다."

"아하, 그게 궁금하셨군. 헌데 내가 그걸 답해야 할 의무가 있을까?"

법륜은 황곤의 이죽거리는 말투에 억지로 신음을 삼켰다. 황곤이 내뱉은 말에는 짙은 자신감이 깔려 있었다.

무파의 특성상 높으신 분들의 엉덩이가 무거운 것을 감안한다면 천마신교의 이름 아래 중추에 모인 자들은 적어도 황곤 이상이라는 뜻이다.

"어떻게… 지금껏 숨어 있었지?"

힘을 가진 자들은 그 힘을 휘두르고 싶어 한다. 그 힘이 강력하면 강력할수록 그 욕망은 더 커지게 마련이다. 스스로를 천마신교라 부르는 저들은 그만한 힘을 갖췄다.

"숨어 있었다……. 알지 못하는 것은 당연하겠지."

"당연하다고?"

"그래, 배화교는… 아니, 신교는 숨지 않았어. 숨어 있었다고? 그건 모르는 놈들이나 하는 소리고, 아는 놈들은 다 아는 사실이지. 하지만 그놈들이라고 모든 것을 아는 건 아니야. 굳이 말하자면… 북해(北海)에 떠다니는 빙산의 일각 정도?"

황곤은 어린아이의 얼굴로는 도무지 어울릴 것 같지 않는 기괴한 웃음을 지었다. 마치 지금의 상황이 웃겨 죽겠다는 듯이.

"너는 십대마존이라는 놈들 중 하나를 죽였지? 기련마신이었나? 어떻든?"

법륜은 갑작스러운 황곤의 물음에 기련마신 정고를 떠올렸다. 그는 어디에 내놓아도 부끄럽지 않을 무인이었다.

지금 당장 중원에서 그의 손속을 받아낼 수 없는 사람을 찾는 것이 그를 상대할 수 있는 무인을 찾는 것보다 빠를 정도였다. 그만큼 압도적인 무력을 자랑했다.

"그는 강했다."

법륜의 입에서 한 치의 망설임도 없이 강하다는 표현이 나오자 황곤은 고개를 끄덕였다.

당금의 십대마존은 강하다. 그것은 그도 인정하는 바였다. 지금 당장 황곤이 정고와 붙는다면 그는 단번에 목이 잘릴 테니까.

"그래, 정고는 강한 사내지. 그가 익힌 백련환단공은 그만큼 절공이니까. 하지만 세상은 알까? 그 무공이 어디에서 왔는지, 그리고 그 무공을 가르쳐 준 사람이 어디에 있는지."

황곤의 말이 시사하는 바는 명확했다. 백련환단공의 이름을 알고 있다는 것. 그 자체가 십대마존과 천마신교가 연관이 있다는 사실을 의미했다.

법륜은 그 사실 하나만으로도 꽤나 큰 충격을 받았다. 황곤은 그런 법륜을 향해 쐐기를 박았다.

"잡설이 길었군. 내가 이런 이야기를 해주는 것은… 사실 별다른 이유가 없어. 왜인지 알아?"

"어째서지?"

"너와 내가 싸운다면 나는 죽겠지. 하지만 상관없어. 내 목숨은 신교의 존재를 널리 알리는 데 쓰인다. 그것이 내 목이 지닌 가치니까. 그리고… 이제는 신교가 본격적으로 움직일 테니까."

황곤은 그 말을 끝으로 손가락을 움직였다. 그러자 그 손가락 움직임에 반응이라도 하듯 복면인들이 법륜을 향해 달려들었다.

법륜은 반사적으로 손을 들어 마관포를 쏘아냈다. 한 치의 망설임도 없는 과격한 살수(殺手)였다.

퍼억!

마관포에 꼭두각시의 머리가 터져 나가자 황곤은 서둘러 다른 손가락을 움직였다. 그 끝에 실이 달려 있어 인형을 조종하는 것 같이 보였다.

'이래서 괴뢰마수인가.'

법륜은 달려드는 복면인의 머리를 터뜨리면서 그 광경을 놓치지 않았다.

'저 손, 저 손을 잘라야 해.'

황곤의 눈을 들여다보니 그는 이미 죽음을 각오한 것 같았다. 생에 그 어떤 미련도 보이지 않았다.

'그렇다면……'

굳이 돌아갈 필요가 없었다. 손가락을 자르고 목을 치면 그만이다. 법륜은 복면인들이 따라붙을 수 없는 속도로 치달았다. 순식간에 육신이 연기처럼 흩어지며 다시 뭉치는 것처럼 보였다. 그 광경에 죽음을 각오한 황곤마저도 놀란 듯 소리쳤다.

"이형환위(異形換位)!"

법륜은 황곤의 면전에 스르륵 나타나 목줄기를 붙잡았다.

"네 개소리는 잘 들었다. 천마신교? 네놈이 몇 번째인지는 중요하지 않겠지."

우득!

법륜의 손아귀가 황곤의 여린 목을 비틀었다.

"크어억!"

"얼마든지 오라고 해. 물론 너는 못 보겠지만. 지옥에서 만나 해후나 나누라고."

황곤이 목이 비틀려 죽자 그의 손끝을 따라 움직이던 살수들이 실 끊어진 연처럼 흔들리다 바닥에 쓰러졌다. 법륜은 주변을 돌아보며 침음성을 삼켰다. 뜻밖의 진실, 그리고 다가올 위협. 그 위기가 생각한 것보다 거대하며 빠르게 다가오고 있음을 깨달았기 때문이다.

"하지만… 그렇게 쉽지는 않을 거다."

훗날 신승이 이룩한 것 중 가장 위대하다고 평가받는 업적이 지금 막 태동하기 시작했다.

제삼십칠장(第三十七章)

변수(變數)

　상황이 달라졌다. 법륜은 그 사실을 여기에 모인 어느 누구
보다 잘 알았다. 상황이 어느 정도 정리가 되자 다시 한자리
에 모인 이들이다.

　이제는 명실상부한 구양세가의 주인인 구양비를 포함해 여
민원주 초무량, 검정무관의 호경, 그리고 태영사의 네 사람까
지 모두 법륜의 굳게 닫힌 입을 주시했다.

　"우선… 이 자리에 모인 여러분께 드릴 말씀이 있소."

　법륜은 십여 개의 눈동자가 자신을 주시하자 잠시 눈을 감
았다.

어디에서부터 어떻게 설명을 시작해야 할지 난감했다.

'그래, 시작은 거기서부터.'

마음을 정리한 법륜은 천천히 입을 열었다.

"구양선은 도주했소. 서가로에 있는 빈민가까지 따라붙었지만… 결국 놓쳤소."

구양선을 놓쳤다는 말에 좌중의 입에서 옅은 침음이 흘러나왔다.

분명 법륜과 구양선의 경지는 명백한 차이를 보였다. 과거의 법륜이라면 몰라도 탈태를 겪고 새로운 경지로 뻗어나가는 상황에서 구양선을 놓쳤다는 것은 의구심을 불러일으킬 만한 사건이었다.

그럼에도 좌중에 모인 인물들은 경솔하게 입을 열지 않았다. 아니, 열지 못했다.

"그 이유를 여쭈어도 되겠소?"

구양비가 침착한 어조로 말문을 열었다. 구양선을 놓침으로 인해 가장 큰 손해를 볼 이는 법륜이 아닌 구양비였다. 하나 그는 끝까지 예의를 잃지 않았다.

어차피 세가주의 자리에 욕심도 없을뿐더러 법륜이 아니었다면 목숨조차 부지하지 못했을 것이다. 그래서 법륜을 대하는 구양비의 태도는 세가의 주인이 취하기엔 무척 공손해 보였다.

"이번 일에 끼어든 자들이 있었소."

"아!"

이번엔 여민원주 초무량이다. 그는 처음부터 제삼의 세력을 염두에 둔 바, 법륜의 말이 사실이라면 그가 우려하던 일들이 실제로 벌어질 가능성이 한층 올라갈 것이 분명했다.

"끼어든 이들이라 하면 혹 복면을 쓴 괴살수 집단이 아닙니까?"

법륜이 재차 말을 내뱉기도 전에 장산이 심각한 눈빛으로 말을 건넸다. 법륜은 역시 그럴 줄 알았다는 듯한 얼굴로 고개를 끄덕였다.

"역시 이쪽에만 손을 뻗은 것은 아니었군. 문제는 왜 그쪽으로 손을 뻗었냐는 건데……."

법륜은 자신을 괴뢰마수라 칭한 황곤을 떠올렸다. 어린아이의 모습, 그리고 인간을 인형처럼 부리던 술수까지. 그간 강호에서 경험해 보지 못한 적이다.

하지만 이미 황곤이 법륜의 손에 목숨을 잃은 이상, 그런 것은 아무래도 상관없었다.

'천마신교라…….'

문제는 천마신교의 의지였다. 무슨 의도로 모습을 드러냈는가. 황곤은 분명 고수였다. 그 정도 고수를 아무렇지도 않게 버려가면서 획책할 수 있는 일이 과연 무엇이 있을까. 그리고 과연 이들의 존재를 밝히는 것이 올바른 선택일까. 산전수전 다 겪은 법륜으로서도 쉽게 판단할 수 없었다.

"아니, 우리도 무슨 일인지 좀 압시다."

성격이 급한 호경이 답답하다는 얼굴로 법륜과 장산을 둘러보자 두 사람은 그제야 자신들이 너무 깊은 상념에 빠져 있었음을 자각했다.

"간단하게 말하겠소. 누구인지 모르겠지만… 나와 구양선을 노리는 자들이 있었소. 정확히는 나를 노렸겠지."

결국 법륜은 천마신교의 존재에 대해 숨기는 쪽을 택했다. 이 문제는 소림으로 돌아가 방장과 먼저 의논해도 늦지 않다고 판단했기 때문이다.

"문제는… 그들은 이미 구양선을 알고 있는 것처럼 보였다는 거지. 그리고 그들이 사용한 괴이한 무공, 분명 정도의 무공은 아니었소."

법륜은 천마신교의 이름을 숨기는 대신 한 가지 진실을 저울에 올렸다.

─적들은 사이한 무공을 구사한다.

그 말 한마디로 초무량이 우려하던 다른 팔대세가나 구파의 개입에 대한 의심은 사전에 차단됐다. 하지만 구양비는 여전히 의심을 거두지 못하고 법륜의 투명한 눈동자를 지그시 응시했다.

[나중에 이야기해 주겠소. 그러니 지금은 잠시…….]

법륜은 구양비가 보내온 눈빛을 차분히 받아낸 뒤 조용히 입을 열었다.

"우리의 일은 끝났소. 소가주, 아니, 이제 가주라 불러야겠지. 구양 가주, 이제 슬슬 돌아가 보려고 하는데?"

구양비는 법륜이 보낸 전음에 말없이 고개를 끄덕였다. 일 방적으로 도움을 청했고 이미 많은 도움을 받았다. 더 이상 무언가를 요구하는 것은 민폐였다.

법륜은 구양비의 동의에 수하들을 돌아봤다.

"내일 아침 해가 뜨기 전에 출발할 것이니 그리 알고 준비하라. 오늘 하루 정도는 마음 놓고 술을 마시는 것도 좋겠지."

법륜은 밖으로 나서며 구양비를 향해 한 번 더 전음을 보냈다.

[우리는 이야기 좀 합시다.]

법륜이 먼저 나가 정원을 천천히 거닐자 구양비 또한 외조부인 초무량과 검정무관주 호경을 뒤로한 채 천천히 정원으로 나왔다.

정원은 이미 정원이라고 부르기에 민망한 수준으로 파괴되어 있었다.

"무슨 일입니까?"

코끝에 매캐한 향이 머물렀다. 법륜은 구양비의 물음에도 새카맣게 변해 버린 땅에 쭈그리고 앉아 검게 탄 흙을 손으로 매만졌다.

'왜들 그렇게 싸우지 못해 안달인지.'

법륜은 다른 것은 몰라도 무공에 대한 자신감은 넘치는 인물이었다.

그는 강자를 좋아했고, 한번 겨뤄보길 원했다. 적어도 탈태를 겪기 이전까지는.

하지만 지금은 아니었다. 탈태를 겪고 몸을 구속하던 굴레들을 벗어던지자 모든 것이 자유로웠다. 왜 도력 높은 고승들이 산속에 틀어박혀 사는지 이제는 알 것만 같은 기분이 들었다.

'하지만 운명은 이 나를 또 싸움판으로 밀어 넣겠지.'

백 중 백 그럴 것이다. 황곤은 자신의 신분을 정확하게 알고 있었다.

"구양 가주."

"말씀하시지요."

"황곤이라는 이름을 들어본 적 있소?"

"황곤?"

구양비는 전혀 모르겠다는 듯 고개를 내둘렀다.

"그렇다면 괴뢰마수라는 별호는?"

"금시초문이오. 대체 무슨 일이 있었던 겁니까? 분명… 구

양선을 쫓아가 무슨 일이 있었던 게지요? 괴뢰마수라는 자가
있었습니까?"

구양비는 법륜이 구양선을 추격하던 그 순간을 아직까지
잊지 못했다.

거의 다 죽어가던 구양선이 자신의 실책으로 다시 살아난
탓이다. 어떻게 보면 구양비가 구양선의 살길을 열어준 것이
다.

구양비의 인상이 찌푸려질 즈음, 법륜은 고개도 돌리지 않
은 채 구양비를 향해 입을 열었다.

"쓸데없는 생각을 하는군. 그건 그대의 잘못이 아니니 너무
자신을 탓하지 마시오. 그보다… 괴뢰마수라는 그자, 소속이
있더군."

"소속……?"

"들어본 적이 있소? 천마신교라는 이름을."

"천마신교!"

구양비는 마치 듣지 말아야 할 것을 들었다는 듯 크게 소
리를 지르다 자신의 입을 두 손으로 틀어막았다. 생각한 것보
다 격한 반응이었다.

법륜은 구양비의 반응에 자신이 무언가를 착각하고 있었음
을 자각했다.

"이미… 알고 있었군."

"신승, 도대체 그 이름은 어디에서 들은 겁니까?"

구양비는 아직도 법륜의 입에서 나온 천마신교라는 이름을 믿지 못하겠다는 듯 아주 작게 입을 열었다. 마치 주변의 누군가가 듣기라도 할까 봐 조심하는 모양새였다.

"이럴 게 아니지. 일단 밖으로 나갑시다. 가내는 아직 수습 중이니 어수선할 것이오. 그래, 차라리 백호방으로 갑시다."

법륜은 구양비의 막무가내식의 이끌림에 어쩔 수 없다는 듯 움직였다.

두 사람의 걸음은 빨랐다. 눈 몇 번 깜빡할 새에 백호방에 도달해 있었다. 법륜은 주변을 한번 둘러보곤 황금빛 기막을 펼쳐 주변을 모조리 차단했다.

"이제 말해보시오. 도대체 어디까지 알고 있소?"

"어… 그것이……."

구양비는 잠시 말하기를 주저하는 듯하더니 눈을 질끈 감고 입을 열었다. 마치 남들에게 털어놓으면 안 되는 비밀을 발설하는 적군에 사로잡힌 포로 같았다.

"천마신교는 사람들이 생각하는 것처럼 상상의 집단이 아닙니다."

"그건 이 두 눈으로 직접 확인했으니 더 말할 필요도 없겠지."

하나 구양비는 그것을 말하고자 함이 아니라는 듯 고개를 저었다.

"단순히 그들이 실존만 했다면 이렇듯 경계할 이유도 없겠지요. 그들은 이미 여러 차례 흔적을 남겼습니다. 단지… 단지 사람들이 모를 뿐입니다. 그들의 무도함을… 그리고 잔인함을."

"그 말을 내가 어떻게 받아들여야 하지?"

구양비를 바라보고 있는 법륜의 얼굴은 잔뜩 굳어 있었다. 구양비가 알고 있었다는 말은 태양신군 구양백 또한 알고 있었다는 말이다. 그리고 그것은 곧 팔대세가의 주인들은 천마신교의 존재에 대해서 이미 상당히 경계하고 있음을 뜻했다.

"말 그대로입니다. 그들은… 변수 같은 겁니다. 그들의 정체를 아는 자들은 모두 팔대세가의 주인 그 이상입니다. 그리고 모두가 동의했죠."

"동의?"

"적어도 그들이 중원에서 활개치고 다니는 것만큼은 반드시 막겠다고 말입니다."

법륜은 구양비의 말에 실소를 흘렸다. 그런 자들이 자신의 앞마당에서 진을 치고 있던 천마신교의 주구들을 알아보지 못했다.

황곤은 섬서지부장이라고 말했다. 그 말은 곧 다른 성에도 천마신교의 주구가 날뛰고 있음이 분명했다.

'아마 상황이 크게 다르지는 않을 테지.'

너무 은밀했다.

어떻게 하면 이미 굳건하게 자리 잡은 거파의 이목을 피해 세력을 키울 수 있을까.

'외지인은 아니다.'

외지인은 눈에 띈다. 그것도 한두 사람이 아니라 수십, 많게는 수백 명이 한곳에 자리를 잡으면 반드시 눈에 띄게 마련이다.

그렇다면 기존 거주민을 대상으로 사람을 포섭했다는 말이다.

법륜은 문득 한 가지 의문에 도달했다.

"구파는… 구파는 어디까지 알고 있지?"

"……."

구양비는 법륜의 물음에 침묵으로 대응했다. 법륜은 구양비의 반응을 보며 확신했다. 구파는 팔대세가보다 더 많이 알고 있다. 그런데도 그들의 움직임을 전혀 알아채지 못하고 있었다.

"답답하군. 모두가 쉬쉬하기에 급급해."

"그건… 아닙니다. 구파는… 오히려 팔대세가보다도 더 민감하게 반응하는 편이니까요. 생각해 보시오. 구파는 기본적으로 도가나 불가의 색채를 띠고 있습니다."

"천마신교를… 아니, 배화교를 종교 집단으로 생각한단 말이지. 그래서 자신의 영역을 건드리지 않으면 침묵한다는 뜻이고."

"제가… 알기로는 그렇습니다. 그래서 서로 검을 들고 대치하는 경우는 별로 없습니다."

법륜은 자기도 모르게 이마를 짚었다. 머리가 지끈거렸다. 서가로에서 자신을 막아선 이들 중 대부분은 빈민가 출신처럼 보였다. 가진 것 없고 힘이 없는 이들. 그게 빈민이다. 그들이 사라져도 아무도 신경 쓰지 않았을 게다.

섬서성을 아우르기 위해 대체 얼마나 많은 이들이 희생되었겠나. 구파인 화산이나 종남과 가까운 영역도 여기와 별반 다르지 않을 것이다. 황곤은 이미 준비가 끝났다고 말하며 목숨을 버렸다.

'시간이 없다. 그들이 강호에 변수 같은 존재라면……'

법륜의 눈이 번뜩였다. 그렇다면 자신도 변수가 된다. 그들은 상상도 하지 못할 방식으로.

"구양 가주."

"예?"

"부탁 하나만 하지."

어느 누구도 하지 못한 상상. 법륜은 그 상상을 현실로 만들기로 했다. 그 어떤 것보다 강력한 변수가 되기 위해서.

구양비는 부탁이라는 법륜의 말에 눈을 감았다. 누군가에게 매달리지 않아도 무엇이든 해낼 것 같은 남자도 천마신교라는 이름 앞에선 한없이 작게만 느껴졌다.

'또 다른 전쟁인가.'

하나 법륜이 구양비에게 건넨 부탁은 상상 밖이었다.

"정보를 좀 모아줘야겠어."

정보.

구양비는 정보라는 두 글자를 중얼거리며 질끈 감았던 눈을 크게 떴다. 전혀 예상하지 못한 부탁이었다.

'팔대세가의 회합이나 천마신교의 공론화로 참전을 요구할 줄 알았는데……'

구양비는 법륜이 팔대세가의 회합을 주도해 천마신교와 대적하거나 무림맹에 천마신교의 등장에 대한 정보를 공론화해 중원 자체를 거대한 전장으로 만들려는 줄로만 알았다.

그렇게 되면 이제 막 혼란을 수습한 구양세가는 또 피를 흘릴 수밖에 없는 상황이 된다. 명실상부한 세가의 주인이 된 구양비다.

비록 구양세가가 반토막에 또 반토막이 났다고 해도 엄연히 팔대세가의 주축. 그 이름값은 결코 가볍지 않았다.

'만약 구양가가 천마신교와의 전쟁을 주도한다면……'

구양세가는 선봉에 설 수밖에 없다. 그리고 또 많은 피를 흘리겠지. 그렇게 되면 구양세가는 더 이상 팔대세가라 부르기에도 민망한 크기로 쪼그라들 것이다.

그런 상황에서 단순히 정보를 모아달라는 법륜의 부탁은 확실히 구양비가 생각하는 범주 밖에 있었다.

"지금 정보라고 하셨습니까?"

법륜은 말없이 고개만 끄덕였다. 그 또한 알고 있었다. 여기서 구양세가가 더 피를 흘리게 만드는 것은 못할 짓이라는 것을. 그렇기에 다른 것을 요구했다.

"허나 내가 부탁한 정보를 찾는다는 게 쉽지는 않을 거야."

"어떤 정보를 원하십니까?"

구양세가의 정보를 담당하던 지고당은 이미 와해됐다. 만약 섬서에서 벌어지는 일을 알고자 한다면 어떻게든 인력을 동원해 보겠지만, 섬서 밖에서 벌어지는 정보를 얻고자 한다면 외부에 손을 빌릴 수밖에 없는 상황이다.

"사람, 사람에 대한 정보가 필요하다."

"사람이라……."

구양비는 법륜의 말에 담긴 속뜻을 전혀 짐작할 수 없었다. 지금 상황에서 도대체 누구에 대한 정보를 얻어 무엇을 도모한단 말인가.

"찾는 사람은 무인, 그것도 천하에 무명을 떨친 사람들이다. 적어도 나 이상. 그리고… 웬만하면 엉덩이가 좀 가벼웠으면 좋겠군."

법륜에 버금가는 무인을 찾는다. 구양비는 그 말에 실소를 흘렸다.

신승이라는 두 글자는 이제 천하에서 가장 강하다는 사람들 중의 하나로 꼽힌다. 그런 무인을 찾는 것은 어렵지 않다. 구파의 주인이나 팔대세가의 가주라면 그 조건에 충분히 부합되니까.

문제는 두 번째 조건인 엉덩이가 가벼운 사람이었다. 어디든 얼굴을 들이밀 수 있는 사람을 원한다. 그것으로 거대 문파의 주인들은 모조리 탈락이다.

"그런 자가… 또 있겠습니까?"

법륜은 고개를 끄덕였다.

"당연히 있겠지. 지금 당장 머리를 굴려봐도 몇 명 생각이 나는군."

"허면 직접 움직이시면 될 일이 아닙니까?"

"그렇긴 한데… 조금 껄끄러워서 말이야."

"대체 누구이기에 그러십니까?"

"지금 떠오르는 것은 세 명 정도군. 일단… 조금 모자라긴 하지만 가주의 망나니 마인, 그리고 당가에 똬리를 튼 이무기, 황실의 금룡(禽龍) 정도?"

구양비는 법륜이 언급한 이름들에 침음을 삼켰다. 확실히 곤란했다.

구양선은 구양세가의 입장에선 반드시 잡아 죽여야 하는 가문의 배신자였고, 당가의 이무기는 법륜의 가족이나 다름없던 여립산을 죽인 당천호였다.

그리고 마지막 황실의 금룡은 황금포쾌 마운철의 제자 금룡수사 조비영이 분명했다.

"둘은 원수에 하나는 마주 보기도 껄끄러운 황실의 인물이라… 도대체 무엇을 계획하고자 하십니까?"

구양비는 도무지 속을 알 수 없는 법륜의 의도에 수 싸움을 포기한 듯 힘없이 읊조렸다.

법륜은 속수무책인 구양비를 향해 맑은 미소를 지어 보였다. 묻지도 따지지도 말고 부탁한다는 뜻이다.

"차라리 하오문에 선을 대는 것이 어떻겠습니까? 그쪽이 상황이 훨씬 나을 텐데요."

"그쪽은 안 돼. 황실의 입김이 들어간다."

"어차피 금룡수사를 끌어들일 생각이 아닙니까? 그 또한 차기 황실의 제일 고수일 텐데요."

"황금포쾌와 금룡수사는 달라. 가진 생각부터 영향력까지. 조 위사는… 보다 무인에 가깝지. 그러면 강호와 황실, 그 사이에서 잘 처신할 걸세."

"일단은… 일단은 알겠습니다. 최대한 알아보지요. 하지만 너무 기대는 하지 마십시오. 이쪽도 사람이 모자란 상황이니."

"부탁하지."

법륜과 구양비는 그 말을 끝으로 갈라졌다. 구양비는 아직 혼란스러운 가문을 다독이기 위해, 법륜은 앞으로의 계획을 짜기 위해 움직였다.

'사람들을 끌어들인다. 판을 새로 짜는 거야. 구파나 세가는 끼어들 수 없게. 그리고……'

이용할 수 있는 것은 최대한 이용해 천마신교가 걸어오는 싸움을 막는다.

'그 전에… 해묵은 원한부터 해결해야겠지.'

해묵은 원한. 앞으로 바쁘게 움직여야 했다. 그 전에 털 수 있는 것은 전부 털어버려야 했다.

대의(大意).

오직 대의 하나만 보고 움직여야 했다.

        *   *   *

구양세가로 돌아온 법륜은 태영사의 수하들을 불러모았다. 장산과 장욱, 이철경과 문우가 법륜 앞에 둘러앉았다. 법륜은 앞으로의 계획을 솔직하게 털어놓기로 했다.

이들은 자신의 뒤를 받쳐줄 동료였다. 누구와 싸울지조차 알려주지 않는다면 후일 문제가 될 것이 분명했다.

"천마신교가 싸움을 걸어왔다. 그것도 전 중원을 상대로. 우리는 그들과 싸운다. 사람들을 끌어들일 거야. 적어도 나와 비견되는 놈들로. 그들과 하나의 연맹체를 만들 생각이다."

네 사람은 법륜의 말에 당황한 듯 아무 말도 하지 못했다. 천마신교라는 이름이 낯설기도 했고 갑작스러운 법륜의 발언이 당황스럽기도 했다.

"천마신교라면… 제가 아는 그 천마신교가 맞습니까?"

"맞다."

네 사람은 법륜의 순순한 인정에 말을 잃었다. 천마신교라니. 마치 이야기의 한 자락에 몸을 실은 것만 같았다.

"이름은 천지회(天地會). 우리 태영사는 천지회의 주축이 될 거다. 구양 가주가 정보를 모아주기로 했으니 사람들이 모이는 대로 움직일 거다. 허나 그전에 우리에겐 한 가지 해결해야 할 일이 있지."

"무슨……?"

장산이 대표로 입을 열자 법륜은 속내를 알 수 없는 눈빛으로 네 사람을 둘러봤다.

"잊었나? 태영사가 만들어진 이유."

"으음……."

네 사람은 동시에 신음을 흘렸다. 태영사가 만들어진 이유는 원한 때문이었다. 마인이라는 오명을 뒤집어쓴 사람들. 그리고 그들은 잊지 않았다. 그들이 모인 이유를.

"그래서 묻지."

법륜은 장욱을 직시했다.

"이곳에서 원한 하나를 정리할 수 있다. 비록 그대가 마인이라는 오명을 쓰진 않았지만 혈채(血債)는 그리 쉽게 갚을 수 없는 거지. 어떤가? 자네가 원한다면 지금 당장에라도 원한을 갚을 수 있어. 어찌할 텐가?"

장욱은 인상을 잔뜩 찌푸리며 눈을 감았다. 그들의 주인은 그들의 아픔을 잊지 않고 있었다. 장욱은 그 사실에 못내 감사하면서도 마음이 무거웠다.

아무것도 아닌 이들의 원한으로 법륜이 또 다른 원한을 쌓아가고 있었음에.

'지고당주……'

장욱은 언젠가 장영조를 본다면 단칼에 목을 베어낼 것이라 다짐했다. 그리고 그 순간이 눈앞에 다가와 있었다. 장영조 또한 약속하지 않았던가. 언제든 원한다면 목을 내어주겠다고.

'허나 지금은……'

아무런 느낌도 들지 않았다. 원한을 잊은 것이 아니었다. 다만 진절머리가 났다. 장영조를 은인으로 기억하는 누군가가 훗날 자신을 찾아와 복수를 언급하고, 또 자신을 기리는 누군가가 복수를 하는 상황을 바라지 않았다.

그렇기에 장욱은 선택했다.

"제… 복수는… 접어두겠습니다. 지금에 와서는 그저 무의미하다는 생각이 들더군요. 그가 나에게, 그리고 백호방에 지은 죄만큼 타인을 위해 산다면 그것으로 족합니다."

장욱의 말에 방 안에 무거운 침묵이 깔렸다. 장산을 제외한 이철경과 문우는 장욱의 결정에 아무런 말도 할 수 없었다.

만약 그들이 지금과 같은 상황에 처한다면 과연 어떤 선택을 할까. 장욱은 두 사람을 보며 가볍게 웃었다.

"철경, 그리고 문우, 둘이 나와 같은 선택을 하기를 바라지는 않네. 사람마다 생각하는 바가 다르니까. 그때가 온다면… 자네들도 스스로의 판단에 확신을 갖게. 그럼……"

장욱은 아직까지 생각이 복잡하다는 듯 법륜에게 고개를 끄덕이고 밖으로 나섰다. 법륜은 그런 장욱을 붙잡지 않았다. 단지 이해한다는 표정이었다.

이미 한 차례 복수를 감행해 본 적이 있는 법륜은 장욱의 심정을 이해할 수 있었다.

'얼마나 허망한지, 얼마나 부질없는 짓인지……'

법륜은 충분히 이해했다.

"그대들도 잘 생각해 보라. 아직 시간은 충분하니."

법륜은 그 말을 끝으로 방을 나섰다. 이미 해가 지고 다시 떠오르기 시작했다. 남은 세 사람의 시선만이 복잡하게 얽혀 있었다.

*　　　　*　　　　*

숭산은 여전했다. 여전히 고요했고 제 모습을 드러내지 않는 은자 같았다.

하지만 그 산을 오르는 사람들은 여전하지 않았다. 법륜은 너무 달라진 자신의 모습에 실소를 흘렸다.

"돌아서면 피안이라더니… 참으로 우스운 일이로군."

너무 많은 것이 변했다. 섬서에서 하남까지 이 주야. 이 주야 동안 일행은 하남을 향해 미친 듯이 달렸다. 시간에 쫓기는 상황은 아니었지만, 왜인지 모르게 마음이 조급했다.

마음속에 대적인 천마신교라는 이름이 있어서인지, 아니면 이제는 마음에 고향이라는 이름으로 자리 잡은 태영사로 향하는 귀로에 대한 그리움인지.

"우선 그대들은 태영사로 돌아가도록. 나는 본산에 올랐다가 바로 가지."

"예."

네 사람은 짧게 답하고 방향을 바꿔 달리기 시작했다. 법륜은 뒤에서 그 모습을 바라보며 하늘을 한 번 올려다봤다. 숭산 소림사까지는 이제 지척이다.

"이제 그만 나오시는 것이 어떻겠습니까, 법무 대사형?"

네 사람이 사라지자 짙은 그림자 하나가 모습을 드러냈다.

"놀라운 일이로군."

모습을 드러낸 법무는 진정으로 놀랐다는 얼굴로 법륜을 맞이했다.

단순히 자신의 기척을 알아챘기 때문이 아니었다. 또 자신이 법륜의 기운을 전혀 느낄 수 없었기 때문도 아니었다. 법륜에게 이전에는 느낄 수 없던 자유로움이 느껴졌기 때문이다.

"머리가… 그리 빨리 자라는 것이었던가?"

"그렇게 되었습니다."

법륜은 길게 자라 버린 머리가 어색하다는 듯 머리카락을 매만졌다.

"그보다… 어찌 아셨습니까? 분명 알리지 않고 왔는데."

그 말에 법무는 품에서 서신 하나를 꺼내 흔들었다.

"서신이 왔네. 자네가 출발한 그 구양세가에서."

소림의 차기 후계자 법무는 법륜을 은은한 미소를 띤 얼굴로 맞이했다.

소림의 잠룡이라 불려도 이상할 것이 없는 법무는 법륜을 볼 때마다 묘한 감상에 빠져들었다. 그간 동년배 사형제들을 볼 때는 느낄 수 없는 감정, 푸근함이었다. 알 수 없는 이유였다.

정확히는 그 이유를 너무도 잘 알고 있었지만 내색할 수 없었다.

'동생 같은 녀석.'

법무가 법륜을 바라보는 시선이다.

집을 나서서 큰일을 해내고 돌아온 막냇동생을 보는 느낌이었지만, 법무는 굳이 그 말을 입에 담지 않았다. 그저 그윽한 눈으로 바라볼 뿐이다. 그것만으로도 눈빛에 담긴 의미는 충분히 전달되었음으로.

"방장께서 기다리시네."

법륜은 법무의 말에 역시 푸근한 미소를 지었다. 집을 나와 출가했지만 여전히 집처럼 느껴지는 곳, 그곳이 바로 소림이었다.

"참으로⋯ 놀라운 일이로군요."

"무엇이 말인가?"

"둘 다 말입니다."

"둘⋯⋯?"

하나는 짐작이 갔다.

구양세가에서 전서를 보낸 것이겠지. 구양세가의 신임 가주 구양비는 그가 가주 위에 등극했음을 알리는 배첩을 보냈다.

이로써 구양세가에 세대교체가 이루어졌음을 온 중원이 알았을 게다.

세가의 전력이 대폭 깎여 나간 상황에서 당당하게 배첩을 돌린 배포와 그 속에 담긴 심계는 분명 놀라운 일이었지만, 달리 보면 무리수나 다름없었다.

'자신감인가.'

전력이 반토막이 났어도 과거의 입지를 지킬 수 있다는 자신감이 엿보였다.

거기다 구양비는 소림에 서신을 보낼 때 법륜이 가문의 일을 수습하는 것에 도움을 줬음을 간략하게 담았다. 빚을 졌음을 인정하는 꼴이 분명함에도 그들은 당당했다. 그것이 정녕 놀라웠다.

"하나는 짐작이 가네만… 다른 하나는 무엇인가?"

"그것은 답변하지 않겠습니다."

다른 하나는 법무의 속내였다. 자신을 동생처럼 생각했다니 놀라운 사실이었다.

하나 법륜은 답변하지 않겠다는 말로 법무의 궁금증을 일축했다. 대신 새로운 화제를 던졌다.

"서신에 다른 내용은 없었습니까?"

"다른 내용은 없었네만, 혹 기별 받을 일이라도 있나?"

"아닙니다. 아직 때가 되지 않은 모양이군요. 방장을 뵙고 모든 것이 결정되면 따로 언질을 드리지요."

"그래."

법무는 법륜의 말에 섭섭함을 느끼지 않았다.

법륜의 어조가 워낙 담담하기도 했거니와 그 또한 소림의 후계자로서 위치를 공고히 하면서 일반 제자들에게 말할 수 없는 일들에 대해 많은 것을 알게 된 까닭이다. 그 또한 밝힐 수 없는 일이 있거늘 어찌 답을 강요할까.

"오르지."

두 사람은 그 말을 끝으로 묵묵히 산을 올랐다. 하나 없는 것은 말뿐이었다. 산중이 고요한 가운데 두 사람의 생각은 그 어느 곳보다 시끄럽게 움직이고 있었다.

'구양 가주는 생각보다 심기가 깊어. 소림에 직접 소식을 전하지 않았을지도 모른다.'

이번 일은 어디까지나 법륜의 개인적인 부탁. 태영사와 구양세가가 맺은 협정이나 다름없으니 굳이 소림에 알리지 않았을 가능성을 배제할 수 없었다.

'아직 정보를 다 모으지 못했을 수도 있고.'

이제 고작 일주일.

소문을 긁어모으는 일이야 쉽다고는 해도 그 정보를 분류

하고 판단하는 일은 전적으로 다른 일이다.

장욱이 복수를 포기하며 지고당주가 건재했으니 그리 오래 걸리지는 않겠지만.

반면 법무는 법륜이 한 말의 의미를 곱씹고 있었다.

'다른 소식이라……'

구양세가는 법륜에게 빚을 졌다. 그건 명확한 사실이다. 그들이 스스로 인정했으니까.

그 속내에서 법무는 구양세가가 법륜이라는 끈을 놓치고 싶지 않아함을 알 수 있었다.

그런 둘 사이에 모종의 이야기가 있어도 이상하지 않다는 뜻이다.

'허면……'

자신은 그 거래에 있어 소림이 취해야 할 입장과 그 거래가 소림에 득이 될지 아니면 실이 될지를 판단해야 했다. 그것이 지금, 그리고 앞으로 그가 해야 할 일이었으니까.

'허나 저 아이의 성정상 도의에 어긋난 일을 했을 리 없지 않나.'

그것은 확신이었다. 같은 절에서 나고 자랐지만, 그를 지켜본 시간은 그리 길지 않다. 그럼에도 법무는 확신할 수 있었다.

지금껏 법륜이 보여온 행보와 업적만 두고 보더라도 충분히 예상이 가능한 일이었다.

하나 깊은 생각에 빠져 있던 두 사람은 이내 그 생각을 멈춰야만 했다. 어느새 소림의 산문이 두 사람 앞에 놓여 있었기 때문이다.

"내 걸음은 여기까지로군. 사실… 길 안내도 필요 없었겠지만 내가 하고 싶었음이니 어쩔 수 없겠지. 그럼 방장과 이야기 잘 나누길 바라네."

법무는 산문 앞에서야 아쉬움을 드러냈다. 소림의 후계자로서 위치를 공고히 했지만, 아직 높은 분들의 이야기에 끼어들기에는 자격이 부족했다.

"호의에 감사드립니다, 대사형. 후일 태영사로 걸음을 하시지요. 못다 한 이야기는 그때 나누시지요."

법륜은 가볍게 합장해 보이며 법무를 일별했다. 이제부터는 소림 출신의 법륜이 아닌, 태영사의 사주로서 해야 할 일을 처리해야 했다.

법륜은 조용한 걸음으로 경내를 거닐었다. 그가 지날 때마다 얼굴 한 번 본 적 없는 어린 자들이 호기심 어린 눈으로 주시했다.

"누구지? 법무 사백이랑 저리 친근하게 대화하다니."

"모르지. 머리가 긴 것을 보면 본산제자는 아닌 듯싶고, 속가제자 아니겠어?"

속가제자라는 말에 호기심 어린 눈동자들이 멀어져 갔다. 대부분이 한평생을 소림 경내에서 보내야 하는 이들이다 보니 얼굴 볼 일이 드문 속가제자의 경우 호기심의 대상에서 제외되는 것은 드문 일이 아니었다.

'귀엽군. 나도 저런 시절이 있었던가.'

법륜은 경내를 거닐며 어린 시절을 떠올렸다. 무허와 함께한 세월, 그리고 무정과 보낸 나날. 그 어디에도 같은 법 자 배분의 사형제들과 저런 시간을 보낸 적이 없었다. 물론 이제 와서는 상관없는 일이지만.

"늦었군."

법륜은 갑작스럽게 들리는 음성에도 당황하지 않았다. 이미 알고 있었기 때문이다.

"오랜만입니다, 방장."

방장 각선은 그간 몰라보게 수척해져 있었다. 나이 때문은 분명 아닐 것이다. 소림의 방장이란 존재는 나이로는 재단할 수 없는 힘을 가지고 있으니까.

하나 다르게 생각하면 놀라운 능력을 갖춘 소림의 방장이 수척해질 만한 일이 무엇일지.

"그리 볼 것 없네. 사내에 산적한 일이 많아 그런 것이니. 일단 들지."

법륜은 각선의 청에 방장실로 발을 들여놨다.

언제나 정갈하던 방장실은 이전과 다른 모습을 보여주고 있었다.

"갑작스럽군요. 어찌 된 일입니까?"

각선은 법륜의 물음에 물끄러미 그를 노려봤다. 각선의 눈빛에서 법륜은 그를 향한 은근한 적의를 느꼈다. 마치 전부 네 탓이지 않느냐는 듯한 얼굴이었다.

"허, 그렇군요. 이번 일로 많이 분주해지셨나 봅니다. 송구스럽군요."

"그랬지. 그것도 이제 막바지지만."

각선은 다구(茶具)를 들어 차를 우려냈다. 언제나 담백한 그의 성품처럼 맑은 찻물이 찻잔으로 떨어졌다.

"대체 무슨 생각인 게냐? 아니, 거기서 대체 무슨 일이 있었느냐?"

각선의 물음은 마치 할아버지가 손자에게 묻듯 걱정과 우려가 섞여 있었다. 법륜은 각선의 물음에 즉각 답하는 대신 찻잔을 들었다. 그윽한 향이 콧속으로 스며들었다.

"좋군요."

하나 각선은 조급했다. 법륜의 장난을 기다려 줄 생각이 없었다.

"지금 자네와 선문답을 할 생각은 없네. 바로 답해줬으면 좋겠군."

"구양세가의 일은 별문제 없이 해결됐습니다. 피해야 상당했지만… 그것은 그들이 감내할 일이니. 헌데… 못 보던 자들이 보이더군요. 기이함을 넘어 괴기스러운 자들이었습니다."

"괴기스러운 자들이라……."

각선은 법륜의 말에 묘한 음성을 흘렸다. 기괴스러운 자들이라. 온갖 사마(邪魔)의 기운에 천적인 소림의 승려가 입에 담은 '괴기스러운'이란 단어는 상당히 오랜만이었다.

"천마신교라 하더군요."

"푸읍……."

각선은 법륜이 입에 담은 천마신교라는 이름에 입에 머금은 찻물을 자신도 모르게 뱉어냈다. 그만큼 의외였다. 천마신교라니.

그 구시대의 유물이 어째서 법륜의 입에서 나왔는지는 중요하지 않았다. 단지 그들의 존재 자체가 문제였다.

"도대체 어떻게 그들이……."

"그것은 제가 답할 일이 아니군요. 그것은 소림의 방장께서 답하셔야 할 문제가 아닙니까?"

"으음……."

각선은 법륜의 일침에 눈을 질끈 감고 대답 대신 침음만 삼켰다.

"반응을 보니 이미 알고 계신 모양이군요. 왜… 왜 숨기셨습니까?"

"숨기다니. 그런 적은 없네만. 뭔가 오해가 있는 모양이군."

"오해라… 오해라 하셨습니까?"

법륜은 각선의 말에 옅은 분노감을 드러냈다. 숨기지 않았다? 그렇다면 어째서 강호인들은 모르고 있는가. 세가의 소가주이던 구양비마저도 숨기기에 급급했던 일이다. 한데 각선은 그것이 아니라고 말한다.

"그래, 오해. 자네가 모르는 사실들이 있지. 그 이야기부터 해야겠군."

각선은 법륜의 시선을 직시하며 입을 열었다.

"우리는… 아주 오래전부터 계속해서 그들과 싸워왔네. 아는 이들만 아는… 아니, 어찌 보면 그 누구도 기억해 주지 않는 그런 싸움이었지만… 우리는 분명 그들과 오랜 시간 싸워왔네. 그것은 내가 장담하지."

"허면… 어째서 모르셨습니까?"

"무엇을 말인가?"

"나를 막아선 자. 황곤이라고 하더군요. 분명 스스로 섬서지부장이라고 했습니다. 방장께서 그들과 싸우셨다면… 분명 모르지 않으시겠지요?"

"황곤? 괴뢰마수 황곤?"

법륜은 각선의 입에서 괴뢰마수라는 별호가 튀어나오자 흠

칫 놀랐지만 내색하지 않으려 노력했다. 분명 괴뢰마수라는
별호를 입에 담지 않았음에도 각선은 그를 알고 있었다.

"그를 알고 계십니까?"

"알지. 잘 알지. 어느 순간 사라졌다 여겼더니… 섬서에 가
있었나? 그리고 지부장이라… 스스로 지부장이라 밝혔다 함
은……."

이제 다른 사람들의 눈치를 보지 않고 활동을 시작하겠다
는 뜻이나 다름없었다. 천마신교의 활동이 본격화된다는 의
미이기도 했다.

"이 사실을 누가 또 알고 있나?"

"아직은… 저와 구양 가주뿐입니다만."

"그나마 다행이군."

"다행? 지금 다행이라고 하셨습니까? 그 괴뢰마수라는 놈
이 섬서에서 도대체 무슨 일을 저질렀는지 알고나 계십니까?
죄 없는 사람들이 영문도 모른 채 목숨을 잃었습니다. 그런데
다행이라 하셨습니까?"

각선은 법륜의 분노에 차가운 시선으로 말을 끊었다.

"다행이지. 태영사의 사주 법륜, 그대는 아는가? 우리가 얼
마나 많은 피를 흘렸으며, 그 피로 인해 얼마나 많은 사람들
이 살아가는지?"

각선의 시린 안광이 법륜의 폐부를 꿰뚫었다.

"모르겠지. 그것을 안다면… 결코 내 앞에서 이리 분노를 터뜨리진 않았을 테니."

법륜은 각선의 시린 안광에 분노로 잔뜩 구겨진 얼굴을 폈다. 저렇게까지 몰아붙이는 모양새가 아무래도 법륜 자신이 생각한 것과는 달리 상당한 손해를 감수하고 있는 모양이다. 법륜은 한층 누그러진 목소리로 재차 각선을 향해 물었다.

"허면 어째서 이 사실에 대해 아무도 모른단 말입니까?"

"밝히지 않았으니 모를 수밖에."

각선은 잠시 고심에 잠긴 듯 한참을 생각하더니 다시 무거운 입을 열었다.

"세상은 천마신교가 저지르는 분탕질이 아니더라도 충분히 혼란스럽다. 그대라면 알 터인데? 그간 이 소림의 승려보다 더 오랜 시간 세상을 관찰하지 않았는가?"

각선의 말은 당금 강호의 사정을 뜻하는 것이 아니었다. 그의 눈동자는 과거 법륜이 젖먹이였을 시절부터 무허의 손을 거쳐 자라나던 시기에 닿아 있었다.

"그랬군. 그런 것이었어."

법륜은 각선의 눈동자를 보자마자 그가 무슨 말을 하고자 하는지 단번에 알았다. 세상은 혼란스러웠다. 그가 아무리 발버둥을 쳐도 혼자서 천하를 좌지우지할 수는 없었다. 그리고 천하에 새로운 황제가 탄생했다. 그것을 말하고자 함이겠지.

"원의 수탈과… 민란… 그것을 말하고자 하십니까?"

"그렇다네. 우리는… 구파는… 천마신교도 중요했지만 혼탁해진 민생을 그저 두고 볼 수 없었네. 어찌 보면 뒷전이었지. 허나 그 시절의 우리에겐… 천마신교로 인해 목숨을 잃을 천 명보다 지속되는 전쟁으로 죽어나갈 만 명의 목숨이 더 중요했네."

법륜은 각선의 회한이 어린 말에 저도 모르게 눈을 감았다. 대를 살리기 위해 소를 희생한다. 단순히 산술적인 숫자로 보자면 각선이, 그리고 구파가 한 선택이 옳았다. 하지만 생명이란 것이 어찌 숫자 하나로 재단되던가.

"그것은 되었습니다."

법륜은 각선의 대답을 듣고 싶지 않았다.

그의 입에서 소(小)가 대(大)를 위해 희생되어야 한다는 말이 나올까 봐. 적어도 각선에게는 그런 말을 듣고 싶지 않았다. 그렇기에 법륜은 재차 해명을 하려는 각선의 입을 막았다.

"나는… 드러낼 생각입니다."

"드러내다니, 무엇을……?"

"그들의 존재를 세상에 까발릴 겁니다. 그리고 끌어낼 겁니다. 내가 가진 힘을 이용해서."

각선은 문득 법륜의 몸 주변에서 바람이 휘몰아치고 있는 것 같은 착각에 빠져들었다. 말로는 표현할 수 없는 기세가 법륜의 몸에서 솟구치는 것 같았다. 더 이상 지금과 같은 상황을 좌시하지 않겠다는 단단한 의지처럼 보였다.

"방법은 있는가?"

"있습니다. 소림은… 뒤에서 힘이나 거들어주시죠. 내가, 이 내가 하겠습니다."

별빛처럼 빛나는 눈동자가 각선의 메마른 눈동자에 박혀들었다.

*   *   *

"오셨습니까?"

소림을 나선 법륜을 맞이한 것은 다름 아닌 해천이었다. 해천 또한 각선과 마찬가지로 그새 푹 늙어 있었다.

"오랜만에 뵙습니다, 숙부님."

법륜은 해천을 만난 뒤로 처음 숙부라는 두 글자를 입에 담았다. 해천은 그에 놀란 듯 눈을 깜빡거리다가 입술을 파르르 떨었다.

"제가… 지금 들은 것이 뭐였지요?"

해천은 법륜의 입에서 나온 숙부라는 말에 격동이 이는 듯, 아니면 다시 듣고 싶다는 듯 법륜의 주변에서 계속해서 질문을 반복했다.

"숙부님이라고 말씀드렸습니다. 오래도 되었지요. 진즉에 이렇게 했어야 하는데 너무 늦어서 죄송합니다."

"허허, 이게 꿈인지 생시인지 모르겠습니다."

"앞으로는 자주 불러 드릴 테니 너무 그러지 마세요. 그보다 태영사는 어떻습니까?"

해천은 태영사라는 단어가 나오자 빠르게 표정을 고쳤다. 숙부라는 이름과는 별개로 그는 태영사의 고문이자 군사 역할을 하고 있었다.

"별다른 일은 없습니다. 사주를 따라 나선 네 친구가 돌아오니 분위기가 조금 들뜨는 것 같지만… 그때뿐이더군요. 아무래도 확실한 목표가 생겨서 그런 것 같습니다."

확실한 목표.

법륜은 과거 태영사의 일원에게 원한을 풀어줄 것을 약속했다. 하지만 어디까지나 원한의 주체는 그들 자신. 법륜은 조력자의 역할이다. 그러니 스스로를 갈고닦는 것이 그리 이상한 일은 아니었다.

"좋군요. 그들의 목표는 며칠 쉬면서 생각을 좀 정리한 후 이야기를 나누도록 해야겠습니다."

"그러시지요. 그간 고생 많으셨습니다."

해천은 법륜을 지나쳐 종종걸음으로 앞서더니 뒤를 돌아

법륜과 마주 섰다. 올라가는 두 손. 정중하게 올리는 인사였다.

"그리고 집에 돌아온 것을 환영합니다, 사주."

*   *   *

장영조는 며칠 사이 끌어모은 정보를 취합해 한 장의 종이에 정리했다. 이제 구양비에게 이 보고서를 올리면 그의 일은 끝이 난다.

'뭔가… 놓치고 있다는 생각이 드는데……'

장영조가 해야 할 일은 많았다. 과거 정보만 다루던 시절과는 달리 세가의 내정에 대부분의 손을 뻗은 지금, 장영조는 손이 열 개여도 부족한 시간을 보내고 있었다. 그래서 때때로 지금과 같이 무언가를 놓치고 있다는 느낌이 들었다.

"내가 너무 예민한 것인지……."

장영조는 구양세가의 신임가주 구양비에게 올릴 서신을 갈무리한 채 밖으로 나섰다. 며칠간 잠을 자지 못해 퀭한 두 눈을 문지르고 푸석푸석한 피부를 매만지자 어느 정도 사람의 몰골로 돌아왔다.

"그럼 가볼까."

장영조는 그대로 방을 나서 구양비가 머무는 전각에 발을 들여놨다. 구양비는 장영조가 들어오는 것도 눈치채지 못한 듯 서류 더미에 파묻혀 있었다.

"가주."

"아, 오셨습니까?"

구양비는 서탁 위에 처박고 있던 머리를 들며 힘겹게 미소를 지었다. 그간 도외시한 일들을 하고자 하니 몸의 피로보다 정신적인 피로가 더 컸다.

"책임이 막중한 것은 알지만… 가주께서 이렇게 계시면 가내의 사기가 떨어집니다. 조금 쉬엄쉬엄하시지요."

구양비는 장영조의 걱정 어린 말에 애써 표정을 추슬렀다. 조심하고자 했는데도 이렇게 단번에 간파당하는 것을 보면 많이 지치긴 한 모양이다.

"그보다… 그가 부탁한 사안들은……?"

장영조는 그 말이 나올 줄 알았다는 듯 품에 갈무리한 종이를 꺼내 내밀었다.

"일단 떠도는 소문을 바탕으로 정리를 하기는 했지만 신빙성은 장담할 수 없을 것 같습니다."

"그것은 차차 확인을 해봐야지요. 그가 부탁한 것은 어디까지나 정보의 전달이지 판단이 아니었으니까요."

구양비는 장영조가 건네는 서신을 들어 꼼꼼하게 읽어 내려갔다.

'몇 명은 예상했던 인물이고… 헌데 이자는……?'

구양비는 그간 서류 더미에 파묻혀 자신의 눈이 이상해졌는지를 의심했다. 전혀 예상하지 못한 인물이 자리하고 있는 것이다.

"여기 이 친구… 확실한 겁니까?"

"풍운검성(風雲劍星)을 말씀하시는 겁니까?"

"풍운검성? 남궁가의 그 친구가 풍운검성이라면 정말 예상 밖인데……."

장영조는 구양비의 의심에 저도 모르게 고개를 끄덕였다. 그 또한 팔대세가에 몸을 담고 있은 지 오래. 남궁가의 차남에 관한 이야기를 모른다면 말이 되질 않았다.

"남궁호원 그 친구가 맞을 겁니다. 이 차, 삼 차로 확인한 사항이니……."

"남궁호원 이 친구는 내가 알기로……."

"폐인이었죠."

폐인.

그것도 단전이 박살 나 무인의 꿈을 접은 채 망나니짓을 일삼는 화화공자였다. 무당의 도사이자 검선의 제자이던 청인 진인에 의해 무공을 잃었고, 그로 인해 검선이 무림맹의 맹주를 맡았을 때 청인 진인이 고초를 겪은 적이 있지 않는가.

"그런 친구가 풍운검성이라 불린다? 게다가… 적암검귀(赤暗

劍鬼)를 베었다는 것은 도무지 믿기질 않는데……."

"사실일 겁니다. 적암검귀를 필두로 일어난 강서의 수라검
문(修羅劍門)이 와해 직전이니까요."

수라검문과 적암검귀. 진정으로 놀라운 일이다. 적암검귀는
정고와 같았다. 황제에게 버림받은 비운의 무장. 목숨을 구걸
하기 위해 야인이 된 십대마존 중 하나였다.

거기에 그가 일으켜 세운 수라검문은 원과의 전쟁에서 자
신을 따르던 부장들을 데려와 만든 문파였다.

무공의 잔혹함은 차치하고라도 전쟁에서나 쓰일 법한 전술
과 전략으로 강서성 일대를 순식간에 먹어치운 자들이다.

그런 적암검귀가 이제 이십 중반밖에 안 된 남궁가의 차남
에게 몰살당했다. 그것도 폐인이라고 소문이 난 자에게.

"이건 정말 예상 밖이군. 혹 방수가 있는 것은 아닐지……."

"그럴 리는 없을 겁니다. 남궁가는 지금 정신이 없을 테니까
요."

"으음……."

구양비는 더 이상은 언급하지 않았다. 하지만 왠지 모르게
여기에 적힌 다른 이름들보다 남궁호원이 누구보다 큰 파급력
을 일으킬 것만 같은 느낌이 들었다.

'당천호에 구양비, 조비영까지 쟁쟁한 인물들뿐인데…….'

고작 이들뿐이라면 구양비가 그리 놀라진 않았을 게다. 앞

서 언급한 이들은 모두 처음부터 강호에 명성을 날리던 이들. 거기에 더해 어느 누구도 기존의 아성에 도전하지 못한 쟁쟁한 전대고수들까지.

그럼에도 남궁호원이 준 놀라움을 덮을 수는 없었지만. 불과 사오 년 만에 폐인이 다시 무공을 닦아 적암검귀 정도의 고수를 벨 수 있을까. 아무리 생각해도 불가능한 일이었다.

"그보다 인선은 정하셨습니까?"

장영조는 아직까지 충격에서 헤어 나오지 못하는 구양비를 일깨웠다. 이번 인선은 그 어느 때보다 중요했다.

신임 가주의 등극조차 가문 내의 사정을 들어 배첩만 돌리고 말았던 구양세가이다.

하나 이번 일은 그리할 수 없었다.

이번에 서신을 전하는 이는 태영사의 일 말고도 해야 할 일이 있기 때문이다.

"소림과의 회합."

다름 아닌 소림과의 회합이다. 여전히 구파의 상석을 차지하고 있는 소림이다. 아무나 보낼 수는 없는 일이었다. 거기에다 법륜이 언급한 천마신교에 대한 사안까지 논의해야 하니 비중 있는 인물이 나서야 했다.

"본래라면 내가 가는 게 맞을 테지만……"

가주는 그리 쉽게 움직일 수 없다. 아니, 쉽게 움직여서는 안 된다. 세가의 위신이 달린 문제이기 때문이다. 팔대세가는 언제나 구파를 경원시했다. 그런데 신임 가주가 구파의 머리인 소림에 가서 고개를 숙이고 회합을 청한다?

"팔대세가에 돌팔매질을 당하기에 충분하지요."

엄청난 비난이 쏟아질 것이다. 구양세가가 팔대세가에서 퇴출당할지도 모를 일이다.

그 사실을 너무도 잘 알기에 구양비는 고심에 고심을 거듭했다. 그리고 장영조는 주인의 가려운 부분을 긁어줄 수 있는 머리가 있었다.

"그렇다면… 그분을 보내는 것은 어떻겠습니까?"

장영조가 구양비의 귀에 속삭이자 구양비는 묘책임을 인정하면서도 불안감에 휩싸였다.

"그 아이가 가능할까?"

"가능하지 않더라도… 가능하게 만들어야지요."

장영조가 속삭인 이름. 그것은 다름 아닌 가주 구양비의 여동생 구양연이었다.

"그래서… 당신이……."

법륜은 눈앞에 다소곳이 앉은 여인을 바라보며 말끝을 흐렸다. 구양세가에서 태영사로 돌아온 지 벌써 한 달.

구양세가에서 소식이 오고도 남을 시간이었으니 인편을 통해 서신이 온 것은 그리 놀랄 일이 아니었지만, 그 서신을 들고 온 이가 구양연일 줄은 꿈에도 몰랐다.

"그렇게 되었네요. 그간 잘 지내셨나요?"

"물론이오. 헌데……."

구양연은 법륜의 의아한 시선에도 변함없는 표정으로 대했다. 왜인지 모르게 차가운 표정이었다. 구양연은 법륜이 채 말을 잇기도 전에 선수를 쳤다.

"그래 보이네요. 제가 생각이 나지도 않을 만큼 잘 지내셨나 보지요?"

법륜은 그렇다고 답하려다 구양연의 눈빛이 예사롭지 않은 것을 보며 말을 얼버무렸다. 그는 하루하루를 이전과 다름없이 보냈다.

무공 수련에 또 수련. 그러니 잘 지내지 못했다고 할 이유가 없었다. 하나 남루하고 먼지가 잔뜩 묻은 옷이 그 사실을 충실하게 대변하고 있음에도 법륜은 그 답을 건네기가 어려웠다.

"그건……."

"뭐, 됐어요. 딱히 당신한테 그걸 바라진 않았으니까."

"그렇군요."

잠시간의 침묵 동안 구양연의 표정이 다시 쌜쭉해졌다. 고양이 앞의 쥐처럼 법륜은 잔뜩 긴장했다. 타인의 속마음을 읽는 타심통도 지금은 소용이 없었다. 타심통이 통하지 않아서가 아니다. 너무 잘 통했다. 그것이 문제였다.

'나를……'

법륜은 난생처음 느껴보는 감정에 몸을 부르르 떨었다. 구양연의 마음이 읽히면 읽힐수록 타심통을 거둬내야지 하는 생각은 저 멀리 달아났다.

"됐어요. 저는 할 일이나 끝마치고 돌아가면 그만이죠. 그게 당신이 바라는 일 아닌가요?"

"그렇지 않소."

법륜은 저도 모르게 그렇게 대답했다. 과연 그 대답이 옳은 선택이었는지 법륜은 예상할 수 없었다. 하나 구양연의 한껏 밝아진 표정을 보자 그 대답이 그녀가 원하는 대답임이 드러났다.

"정말요?"

구양연의 표정은 만개한 꽃같이 맑고 아름다웠다. 법륜은 언젠가 본 그녀의 표정에서 다시 한번 과거의 기억을 상기해냈다.

'모란… 마치 갓 피어난 모란꽃 같구나.'

단아함과 아름다움이 함께한 모습. 법륜은 그녀가 내뿜는 향기에 취해 마음이 흔들리는 것을 다잡았다.

"진실이오. 아름답군."

제가 무슨 말을 하고 있는지도 모르는 법륜은 구양연을 향해 칭찬을 남발했다. 그녀의 미소를 조금 더 보고 싶었다. 지금 머릿속에 가득한 생각은 오직 그것뿐이었다. 하나 구양연은 달랐다.

"일단."

구양연은 비단 봉투에 담긴 곱게 접힌 서신을 법륜에게 건넸다.

서로 간의 해후를 푸는 일은 할 일을 끝낸 뒤에 해도 충분했다.

그녀는 그녀의 오라비이자 구양세가의 최고 실권자인 구양비에게 얼마간 숭산에서 머물 것을 허락받았으니까.

"이번에 세가에서 취합한 정보를 바탕으로 작성한 자료예요. 오차는 없을 거예요."

오차가 없다는 말에 법륜은 호기심 가득한 눈으로 서신을 받아 들었다. 서신을 펼치자 여러 개의 이름들이 주르륵 나열되어 있다.

'당가나 황실은 예상했지만……'

서신 안에는 놀라운 이름들이 가득 적혀 있었다. 젊은 연배에 이토록 자신에 근접한 경지의 무인이 많았는지 법륜은 자신의 눈을 의심했다. 그중에는 구파의 무인도, 팔대세가의 무인도, 그리고 사마외도를 걷는 자들도 있었다.

"오차가 없다는 말은 전부 확인했다는 뜻이오?"

"그렇지는 않아요. 단지 신빙성 있는 소문만을 추적한 끝에 얻어낸 결과니까요."

"신빙성 있는 소문이라……."

법륜은 다시 한번 서신을 눈에 담은 뒤 품속에 갈무리했다. 이들을 만나는 것은 아직 시기상조이다.

구파의 무인들은 상관이 없었으나 걸리는 이들이 몇 있었다. 남궁세가의 풍운아 남궁호원이 그랬고, 사마외도의 인물들이 그랬다.

'괜한 오해는 사양이야.'

한창 천하에 이름을 날리고 있는 법륜이다. 신승이라는 이름 두 글자는 이제 어디를 가나 귀빈으로 모셔야 할 만큼 커다란 영향력을 행사한다.

중원의 온갖 이목이 집중되어 있다는 뜻이다.

그렇기에 지금 당장 사마외도와 접촉한다면 괜한 오해를 살 수 있었다.

"좋소. 구양 가주께 서신은 잘 받았다고 전해주시오. 이걸로 구양세가가 진 빚은 없소."

구양연은 법륜의 말에 은은한 미소를 띠며 덧붙였다.

"좋아요. 그리 말씀해 주시니 부담을 한결 덜었군요. 그래서 이번엔 이쪽에서 한 가지 제안을 하려고 해요."

"제안?"

"이들의 회합, 이곳에서 할 생각은 아니시지요?"

구양연의 물음은 법륜이 현재 지닌 약점을 꿰뚫는 날카로운 것이었다. 어찌 되었든 법륜은 소림 계파의 무인.

이들 전부를 소림이 있는 숭산으로 끌어들일 순 없었다. 그런 맹점을 눈치챘는지 구양세가의 가주 구양비는 핵심을 찌르고 들어왔다.

"구양세가에서 장소를 제공하겠어요. 왼쪽으로 조금 치우치긴 했지만 섬서성은 중원의 중심부에 위치한 곳이에요. 사람들을 끌어모으기에 충분할 거예요."

"구양세가가 장소를 제공한다…… 화산과 종남이 두고 보지 않을 터인데?"

구양세가가 자리한 섬서는 세 개의 거대 문파가 자리한 곳. 그중에서 둘은 구파에 속해 있는 곳이다.

법륜은 그들이 쉽사리 허락할 리 없다는 것을 지적했다. 그에 대한 답이 즉각 나왔다.

"서신을 보셨으니 알겠지만… 그중엔 화산의 신성(晨星)도 있어요. 그리고 무당의 마도(魔道) 또한 있지요. 종남의 동의를 얻어야 하겠지만 화산과 무당, 그리고 소림이라면 종남의 동의를 얻는 것은 그리 어렵지 않을 거예요."

"그것이… 구양세가의 생각인가?"

"네."

구양연은 한 치의 망설임도 없이 고개를 끄덕였다.

구양세가로선 얻는 것보다 잃을 것이 많은 도박을 하는 셈이다.

사마외도와 결탁한다는 것은 당장에 팔대세가에서 퇴출당해도 할 말이 없는 것이다.

"좋아, 맡겨보지."

법륜은 시원하게 고개를 마주 끄덕였다. 구양세가가 얻는 것과 잃는 것은 그들이 결정할 문제였다.

아마도 이쪽이 더 이득이 크다 판단했으니 감행했을 것이다. 그리고 법륜이 보기에도 확실히 이쪽이 구양세가에게는 좋은 판단이었다.

'인맥(人脈)이라…….'

세가의 수뇌부가 모조리 잘려 나가고 이제 이립을 넘긴 구양비가 가주 위에 올랐다.

어찌 보면 호가호위(狐假虎威)나 다름없었다. 천하의 인맥을 과시해 세력을 공고히 하겠다는 것이 명백했으니.

"구양세가에 맡긴 일은 끝났다. 바로 돌아갈 생각인가?"

"아니요."

구양연은 세차게 고개를 흔들었다. 일은 끝냈지만 돌아갈 마음은 없었다.

그것 때문에 이 먼 하남까지 오지 않았던가.

"하지만 그쪽의 요구에 내가 응했다는 소식은 전해야 하지 않을까?"

"그건 괜찮아요. 저만 온 것이 아니니까요."

그제야 법륜은 눈을 가늘게 떴다. 어째서 처음부터 생각하지 못했을까.

구양연은 무공을 익히지 않은 여인이다. 여인의 몸으로 섬서에서 하남까지 한 달 만에 주파한다는 것은 불가능에 가까운 일이다.

"함께 온 이들이 있었군."

"네, 이곳보다 먼저 소림에 올랐지만요. 그들을 통해 소식을 전하도록 할게요. 그러니까… 구경 좀 시켜주세요."

"절간이라 딱히 볼 것도 없다. 남자들만 가득하니 아름다움보다 투박함이 더 많겠지. 그래도 좋다면 얼마든지."

*　　　　*　　　　*

"곤란하군, 곤란해."

새하얀 도복을 입은 젊은 남자는 편지를 읽어보곤 허리춤에 매달린 검을 툭툭 건드렸다. 고민이나 깊은 생각에 잠길 때마다 나오는 그만의 버릇이다. 고수의 풍모나 진중함보다는 경박함이 우선적으로 보였다.

"구양비… 아니, 구양 가주와는 안면이 있긴 하지만 소림이
라…….."

서신을 전달한 구양세가의 무인은 눈앞의 젊은 사내를 보
며 남몰래 한숨을 내쉬었다.

구파의 무인이긴 하지만 예와 의보단 자유로움을 추구하는
남자, 화산의 엄정한 법도와는 어울리지 않는 사내였다.

"좋아, 가보지, 뭐."

말이 끝나기 무섭게 사내는 서신을 공중에 띄운 채 손을
흔들었다.

손끝에서 매화 한 송이가 피어났다. 공중에 뜬 종이 위에
내려앉는 꽃잎. 그 결과는 놀라웠다.

차차차차착!

종이가 가루가 되어 흩날렸다. 구양세가의 무인은 눈앞에
서 펼쳐지는 신기에 그만 저도 모르게 탄성을 내뱉었다.

"전하시게. 화산의 신검이 곧 가겠다고."

화산의 신성(晨星), 아니, 이제는 화산신검(華山神劍)이라 불
리는 남자 백청학이었다.

                    *   *   *

"재미있는 일을 벌이는군."

검은색 도복을 입은 남자는 자신의 앞으로 전달된 한 통의 편지를 읽은 뒤 그대로 태워 버렸다.

손끝에서 일어난 불길이 하얀 재를 만들어냈다. 서신을 가져온 무인은 도복을 입은 중년의 남자가 일궈내는 놀라운 무공에 눈을 부릅떴다.

"장소와 일시."

"내달 보름, 섬서의 호담정이라는 주루입니다. 한 달간 별채를 전세 냈으니 그전에 오셔도 무방합니다."

"그러지."

중년의 사내는 손을 들어 내저었다.

그만 물러가라는 뜻이다. 손목에 걸린 도복 자락이 나풀거렸다. 소매에 역태극(逆太極). 무당의 마도(魔道)라 불리는 남자였다.

＊　　　　＊　　　　＊

"어찌 생각하시오?"

구양세가의 무인은 잔뜩 긴장한 상태였다. 하나 그 긴장감은 곧 황당함과 당혹스러움으로 물들었다.

수라검문의 적암검귀를 벤 검성(劍星)이라기에 날이 선 예기를 기대했으나, 눈앞이 남자 남궁호원은 자신을 쳐다보지도 않은 채 허공에 혼잣말을 내뱉고 있었다.

'어찌… 혼잣말이 아닌 것 같은데……'

이상한 점은 그 혼잣말이 꼭 누군가와 대화를 하는 것처럼 일정한 맥락이 있다는 점이다.

'귀신이라도 보는 건 아니겠지.'

귀신과 아무렇지도 않게 대화하는 남자를 보자 온몸의 털이 곤두섰다.

"귀신이 아닐세."

"에… 예?"

"귀신이 아니니 너무 걱정 말라는 뜻일세. 아주 오랜 시간 나와 함께한 영(靈)이니."

영(靈).

구양세가의 무인은 영이라는 그 한 단어에 안색이 창백해졌다.

'결국 귀신이란 뜻이잖아!'

"안 되겠군. 더 있다가는 까무러치겠어. 그대들의 뜻은 알았으니 일단 얼굴은 비춘다고 전하게."

구양세가의 무인은 그대로 달음박질쳤다.

"쯧쯧, 무인이라는 사람이 어찌 그리 심력이 약할까. 그렇지 않나, 풍혼(風魂)?"

[깔깔, 그게 정상이지.]

풍운검성이라 불리기 시작한 남궁호원의 귓가에 누군가에게는 들리지 않는 목소리만 길게 메아리쳤다.

*   *   *

봉문을 푸는 것을 허(許)한다. 그 대가로 부름에 답하라.

서신에 적힌 짤막한 문구였다.

당천호는 작은 가옥에서 그 서신을 마주했다. 당가의 태상과 가주, 그리고 사촌 형제를 죽음에 이르게 만들었다는 죄목으로 유폐된 지 일 년이 다 되어간다.

"내가 받아들이면 어찌 되지? 혹은 그렇지 않는다면?"

녹색 장갑을 낀 당가의 무인은 심드렁한 당천호를 보며 안색을 굳혔다.

"그대는 무조건 해야 한다. 그래야 당가가 사니까."

"당가는 이제 내 관심 밖이야. 세상이 넓음을 경험했는데 우물 안을 고집한다는 것은 있을 수 없는 일이지. 좋아, 하지. 하지만 한 가지만 명심해. 나는 당가를 위해서 하는 게 아니야."

당천호의 눈빛이 짙은 녹색으로 물들었다.

"오로지 내 의지로 하는 거다. 그놈의 얼굴에 한 방 먹여주기 위해서."

당천호가 자리에서 일어나자 그의 등 뒤로 아홉 개의 독강이 솟아올랐다.

구독연환. 짙은 독기의 폭풍이 작은 가옥을 단번에 터뜨렸다.

*   *   *

조비영은 하오문을 통해 전달된 서신을 뚫어지게 바라봤다.

천마신교.

거기에 적혀 있는 네 글자.

그 네 글자는 조비영의 심기를 흔들기에 차고 넘쳤다.

"간다. 그렇게 전해."

[허나 마 대인께서 불허하실 겁니다.]

"스승님은 날 막을 수 없다."

조비영은 왼팔에 묶여 있는 견장을 뜯어냈다.

'금(金)'이라고 적혀 있는 작은 패였다. 그는 망설임 없이 전음이 들려오는 곳을 향해 패를 던졌다.

"금의위는 이제 그만한다. 때가 되면 돌아갈 것이니 스승님께도 그리 전하고. 혹 문책을 하신다면 한 대 맞았다고 해. 그러면 해결된다. 그럼 이만."

『불영야차』 8권에 계속…

초대형 24시 만화방

신간 100%, 샤워실, 흡연실, 수면실(침대석), 커플석, 세탁기 완비

■ 광명 광명사거리역점 ■

경기도 광명시 오리로 986 광명사거리역 6번 출구 앞 5층
02) 2625-9940 (솔목타워 5층)

■ 강북 노원역점 ■

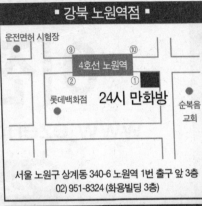

서울 노원구 상계동 340-6 노원역 1번 출구 앞 3층
02) 951-8324 (화용빌딩 3층)

■ 일산 정발산역점 ■

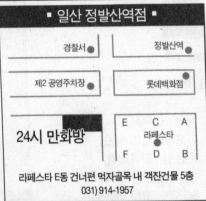

라페스타 E동 건너편 먹자골목 내 객잔건물 5층
031) 914-1957

■ 일산 화정역점 ■

경기도 고양시 덕양구 화정동 984번지 서일빌딩 7층
031) 979-4874 (서일사우나 건물 7층)

■ 부천 역곡역점 ■

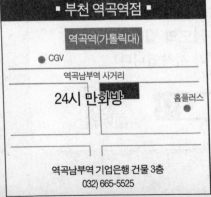

역곡남부역 기업은행 건물 3층
032) 665-5525

■ 부평역점 ■

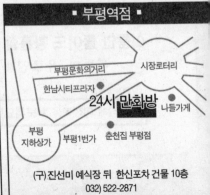

(구)진선미 예식장 뒤 한신포차 건물 10층
032) 522-2871